D0833088

El Gran Gatsby

F. Scott Fitzgerald

El gran Gatsby

Nueva traducción al español
traducido del inglés por Guillermo Tirelli

Rosetta Edu

Título original: *The Great Gatsby*

Primera publicación: 1925

© 2021, Guillermo Tirelli, por la traducción

Primera edición: Noviembre 2021

Publicado por Rosetta Edu
Londres, Noviembre 2021
www.rosettaedu.com

ISBN: 9798767946952

Rosetta Edu

CLÁSICOS EN ESPAÑOL

Rosetta Edu presenta en esta colección libros clásicos de la literatura universal en nuevas traducciones al español, con un lenguaje actual, comprensible y fiel al original.

Las ediciones consisten en textos íntegros y las traducciones prestan especial atención al vocabulario, dado que es el mismo contenido que ofrecemos en nuestras célebres ediciones bilingües utilizadas por estudiantes avanzados de lengua extranjera o de literatura moderna.

Acompañando la calidad del texto, los libros están impresos sobre papel de calidad, en formato de bolsillo o tapa dura, y con letra legible y de buen tamaño para dar un acceso más amplio a estas obras.

Rosetta Edu
Londres
www.rosettaedu.com

Indice

Una vez más
a
Zelda

Entonces ponte el sombrero dorado, si eso la conmueve;
Si puedes rebotar alto, rebota por ella también,
Hasta que ella grite: «Amante, amante con sombrero de oro, rebotan-
do alto,
¡debo tenerte!».

Thomas Parke d'Invilliers

I

En mis años más jóvenes y vulnerables, mi padre me dio un consejo al que he estado dando vueltas en mi cabeza desde entonces.

«Siempre que tengas ganas de criticar a alguien», me dijo, «sólo recuerda que todas las personas en este mundo no han tenido las ventajas que tú has tenido».

No dijo nada más, pero siempre hemos sido inusualmente comunicativos de manera reservada, y comprendí que quería decir mucho más que eso. En consecuencia, me inclino a reservarme todos los juicios, hábito que me ha abierto muchas naturalezas curiosas y también me ha hecho víctima de no pocos aburridos empedernidos. La mente anormal se apresura a detectar y adherirse a esta cualidad cuando aparece en una persona normal, y así sucedió que en la universidad se me acusó injustamente de crear intrigas, porque estaba al tanto de las penas secretas de hombres salvajes y desconocidos. La mayor parte de las confidencias no fueron buscadas; con frecuencia he fingido sueño, preocupación o una hostil frivolidad cuando me daba cuenta, por alguna señal inequívoca, de que una revelación íntima temblaba en el horizonte; porque las revelaciones íntimas de los hombres jóvenes, o al menos los términos en que las expresan, suelen ser plagiarios y estar empañados por evidentes supresiones. Reservar los juicios es una cuestión de esperanza infinita. Todavía tengo un poco de miedo de perderme algo si olvido que, como sugería mi padre con esnobismo, y yo repito con esnobismo, el fundamental sentido de la decencia se reparte desigualmente al nacer.

Y, después de presumir así de mi tolerancia, llego a admitir que tiene un límite. La conducta puede fundarse en la dura roca o en los pantanos húmedos, pero después de cierto punto no me importa en qué se funda. Cuando volví del Este el pasado otoño, sentí que quería que el mundo estuviera uniformado y en una especie de vigilancia moral permanente; no quería más excursiones desenfrenadas con miradas privilegiadas al corazón humano. Sólo Gatsby, el hombre que da nombre a este libro, estaba exento de mi reacción: Gatsby, que representaba todo aquello por lo que siento un desprecio incondicional. Si la personalidad es una serie ininterrumpida de gestos exitosos, entonces había algo magnífico en él, alguna sensibilidad aumentada respecto a las promesas de la vida, como si estuviera relacionado con una de esas intrincadas máquinas que registran los terremotos a diez mil millas de distancia. Esta capacidad de respuesta no tenía nada que ver con esa impresionabilidad flácida que se dignifica bajo el nombre de «temperamento creativo»; era un extraordinario don para la esperanza, una disposición romántica como no he encontrado en ninguna otra persona y que es probable que no vuelva a encontrar. No —Gatsby era correcto; es lo que devoraba a Gatsby, el polvo fétido que flotaba en la estela de sus sueños, lo que acabó temporalmente con mi interés por las penas abortadas y las euforias de corta duración de los hombres.

Mi familia ha sido gente prominente y acomodada en esta ciudad del Medio Oeste durante tres generaciones. Los Carraway son una especie de clan, y tenemos la tradición de que descendemos de los duques de Buccleuch, pero el verdadero fundador de mi línea fue el hermano de mi abuelo, que llegó aquí en el año cincuenta y uno, envió a un sustituto a la Guerra Civil y puso en marcha el negocio de ferretería al por mayor que hoy lleva mi padre.

Nunca vi a este tío abuelo, pero se supone que me parezco a él, con especial referencia al retrato bastante adusto que cuelga en el despacho de mi padre. Me gradué en New Haven en 1915, justo un cuarto de siglo después de mi padre, y poco después participé en esa demorada migración teutona conocida como la Gran Guerra. Disfruté tanto de la contraofensiva que volví desosegado. En lugar de ser el cálido centro del mundo, el Medio Oeste parecía ahora el borde desgarrado del universo, así que decidí ir al Este y aprender el negocio de los bonos. Todo el mundo que conocía estaba en el negocio de los bonos, así que supuse que podría mantener a un hombre soltero más. Todos mis tíos y tías lo discutieron como si estuvieran eligiendo una escuela preparatoria para mí, y finalmente dijeron: «Por qué... sí», con caras muy serias y vacilantes. Mi padre accedió a financiarme durante un año y, tras varios retrasos, llegué al Este, de forma permanente, así pensaba, en la primavera de 1922.

Lo más práctico era encontrar alojamiento en la ciudad, pero era una estación cálida, y yo acababa de dejar una región de amplios céspedes y árboles amigables, así que cuando un joven colega en la oficina sugirió que tomáramos juntos una casa en un pueblo cercano, me pareció una gran idea. Encontró la casa, un bungalow de cartón desgastado por la intemperie a ochenta dólares por mes, pero en el último momento la empresa le ordenó que fuera a Washington, y yo me fui al campo solo. Tenía un perro —al menos lo tuve durante unos días hasta que se escapó—, un viejo Dodge y una mujer finlandesa, que me hacía la cama y me preparaba el desayuno y murmuraba sabiduría finlandesa para sí misma sobre la estufa eléctrica.

Estuve solo durante un día más o menos hasta que una mañana un hombre, aún más recién llegado que yo, me paró en la carretera.

«¿Cómo se llega al pueblo de West Egg?», me preguntó con impotencia.

Le dije. Y mientras caminaba ya no me sentía solo. Ahora era un guía, un explorador, un colono original. Me había conferido casualmente la ciudadanía del lugar.

Y así, con el sol y los grandes ramos de hojas que crecen en los árboles, como crecen las cosas en las películas a cámara rápida, tuve esa convicción familiar de que la vida volvía a empezar con el verano.

Había mucho que leer, por un lado, y mucha salud que extraer del aire joven y vivificante. Compré una docena de volúmenes sobre la banca, el crédito y los valores de inversión, que se encontraban en mi estantería encuadernados en rojo y oro como dinero recién salido de la casa de moneda, prometiendo revelar los brillantes secretos que sólo Midas, Morgan y Mecenas conocían. Y tenía la gran intención de leer muchos otros libros. Fui bastante literario en la universidad —un año escribí una serie de editoriales muy solemnes y obvias para el Yale News— y ahora iba a traer de nuevo todas esas cosas a mi vida y convertirme de nuevo en el más limitado de todos los especialistas, el «hombre completo». Esto no es sólo un epigrama: después de todo, a la vida se la mira mejor desde una sola ventana.

Fue una casualidad que alquilara una casa en una de las comunidades más extrañas de Norteamérica. Estaba ubicada en esa esbelta y revoltosa isla que se extiende hacia el este de New York, y en la que hay, entre otras curiosidades naturales, dos inusuales formaciones de tierra. A veinte millas de la ciudad, un par de enormes huevos, idénticos en su contorno y separados sólo por una bahía de cortesía, sobresalen en la masa de agua salada más domesticada del hemisferio occidental, el gran corral húmedo de

Long Island Sound. No son óvalos perfectos —como el huevo de la historia de Colón, ambos están aplastados en el extremo de contacto— pero su parecido físico debe ser una fuente de asombro perpetuo para las gaviotas que vuelan por encima. Para los que no tienen alas, un fenómeno más interesante es su diferencia en todos los aspectos, excepto en la forma y el tamaño.

Yo vivía en West Egg, el... bueno, el menos de moda de los dos, aunque ésta es una etiqueta muy superficial para expresar el extraño y no poco siniestro contraste entre ellos. Mi casa estaba en la punta del huevo, a sólo cincuenta yardas del Sound, y apretada entre dos enormes propiedades que se alquilaban por doce o quince mil la temporada. La que estaba a mi derecha era un asunto colosal desde cualquier punto de vista; era una imitación de hecho de algún Hôtel de Ville de Normandía, con una torre en un lado, reluciente bajo una fina barba de hiedra cruda, y una piscina de mármol, y más de cuarenta acres de césped y jardín. Era la mansión de Gatsby. O, mejor dicho, como yo no conocía al señor Gatsby, era una mansión habitada por un caballero de ese nombre. Mi propia casa era una monstruosidad, pero era una pequeña monstruosidad, y había sido pasada por alto, de modo que yo tenía una vista del agua, una vista parcial del césped de mi vecino, y la consoladora proximidad de los millonarios, todo por ochenta dólares al mes.

Al otro lado de la pequeña bahía, los palacios blancos del elegante East Egg brillaban a lo largo del agua, y la historia del verano comienza realmente en la noche en que conduje hasta allí para cenar con los Tom Buchanan. Daisy era mi prima segunda, y yo había conocido a Tom en la universidad. Y justo después de la guerra yo había pasado dos días con ellos en Chicago.

Su marido, entre varios logros físicos, había sido uno de los extremos más potentes que jamás jugó al fútbol en New Haven, una figura nacional en cierto modo, uno de esos hombres que alcanzan una excelencia en algo específico a los veintiún años que todo lo que viene después sabe a anticlímax. Su familia era enormemente rica —incluso en la universidad su liberalidad con el dinero era motivo de reproche—, pero ahora había dejado Chicago y había llegado al Este de una manera que te dejaba sin aliento: por ejemplo, había traído una tropilla de ponis de polo desde Lake Forest. Era difícil comprender que un hombre de mi propia generación fuera tan rico como para hacer eso.

No sé por qué vinieron al Este. Habían pasado un año en Francia sin ninguna razón en particular, y luego anduvieron a la deriva aquí y allá, sin descanso, dondequiera que la gente jugara al polo y fuera rica. Se trataba de una mudanza permanente, dijo Daisy por teléfono, pero yo no lo creía; no tenía acceso al corazón de Daisy, pero sentía que Tom iría a la deriva para siempre buscando, con un poco de nostalgia, la dramática turbulencia de algún partido de fútbol irrecuperable.

Y así sucedió que, en una cálida y ventosa tarde, me dirigí a East Egg para ver a dos viejos amigos a los que apenas conocía. Su casa era aún más elaborada de lo que esperaba, una alegre mansión colonial georgiana roja y blanca, con vistas a la bahía. El césped comenzaba en la playa y corría hacia la puerta principal durante un cuarto de milla, saltando por encima de los relojes de sol y los paseos de ladrillo y los jardines encendidos; finalmente, cuando llegaba a la casa, subía por el lateral en brillantes enredaderas como si siguiera el impulso de su carrera. La fachada estaba interrumpida por una línea de ventanas francesas, que ahora brillaban con reflejos de oro y estaban abiertas de par en par al cálido viento de la tarde y Tom Buchanan, con ropa de montar, estaba de pie con las piernas separadas en el porche delantero.

Había cambiado desde sus años en New Haven. Ahora era un hombre robusto de treinta años y pelo pajizo, con una boca más bien dura y modales altivos. Dos ojos brillantes y arrogantes habían establecido el dominio sobre su rostro y le daban la apariencia de estar siempre inclinado agresivamente hacia adelante. Ni siquiera la afeminada ropa de montar podía ocultar la enorme potencia de aquel cuerpo: parecía llenar aquellas relucientes botas hasta tensar los cordones, y se podía ver un gran paquete de músculos moviéndose cuando su hombro se movía bajo su delgado abrigo. Era un cuerpo capaz de ejercer una enorme fuerza, un cuerpo cruel.

Su voz, un tenor ronco y áspero, se sumaba a la impresión de disciplina que transmitía. Había un toque de desprecio paternal en ella, incluso hacia la gente que le caía bien —y había hombres en New Haven que le odiaban a muerte.

«No creas que mi opinión en estos asuntos sea definitiva», parecía decir, «sólo porque soy más fuerte y más hombre que tú». Estábamos en la misma asociación de estudiantes, y aunque nunca fuimos íntimos, siempre tuve la impresión de que me aprobaba y quería que le estimara con esa dureza y desafiante melancolía que le era propia.

Hablamos durante unos minutos en el porche soleado.

«Tengo un buen lugar aquí», dijo, sus ojos parpadeando, inquietos.

Haciéndome girar, tomándome por el brazo, movió una mano ancha y plana a lo largo de la vista ante nosotros, incluyendo en su barrido un jardín italiano hundido, una media hectárea de rosas de penetrante y punzante aroma y una lancha de nariz respingona que golpeaba la marea mar adentro.

«Pertenecía a Demaine, el petrolero». Me dio la vuelta de nuevo, amable y brusco a la vez. «Entremos».

Atravesamos un vestíbulo alto y entramos en un espacio brillante de color rosado, frágilmente unido a la casa por ventanas francesas en ambos extremos. Las ventanas estaban entreabiertas y brillaban blancas contra la hierba fresca del exterior que parecía crecer un poco en el interior de la casa. Una brisa recorría la habitación, haciendo que las cortinas entraran por un extremo y salieran por el otro como pálidas banderas, enroscándolas hacia la esmerilada tarta de bodas del techo, y luego ondulaban sobre la alfombra color borravino, haciendo una sombra en ella tal como lo hace el viento en el mar.

El único objeto completamente inmóvil en la sala era un enorme sofá en el que dos mujeres jóvenes se mantenían a flote como en un globo sujeto a tierra. Ambas estaban vestidas de blanco, y sus vestidos ondulaban y se agitaban como si acabaran de volver a entrar tras un breve vuelo alrededor de la casa. Debí de quedarme unos instantes escuchando el látigo y el chasquido de las cortinas y el gemido de un cuadro en la pared. Luego se oyó un estruendo cuando Tom Buchanan cerró las ventanas traseras y el viento atrapado se extinguió en la habitación, y las cortinas y las alfombras y las dos jóvenes cayeron lentamente al suelo.

Yo no conocía a la más joven de las dos. Estaba extendida de cuerpo entero en su extremo del diván, completamente inmóvil, y con la barbilla un poco levantada, como si algo estuviera en equilibrio sobre ella y fuera a caer. Si me vio con el rabillo del ojo, no dio ninguna señal de ello; de hecho, casi me sorprendió murmurando una disculpa por haberla molestado al entrar.

La otra chica, Daisy, hizo un intento de levantarse —se inclinó ligeramente hacia delante con una expresión concienzuda— y luego se rió, una risita absurda y encantadora, y yo también me reí y me adelanté a la habitación.

«Estoy pa... paralizada de felicidad».

Volvió a reírse, como si hubiera dicho algo muy ingenioso, y me cogió la mano un momento, mirándome a la cara, asegurándome que no había nadie en el mundo a quien quisiera ver tanto. Esa era una manera de ser que ella tenía. Insinuó en un murmullo que el apellido de la muchacha equilibrista era Baker. (He oído decir que Daisy murmuraba sólo para que la gente se inclinara hacia ella; una crítica irrelevante que no la hacía menos encantadora).

En cualquier caso, los labios de la señorita Baker se agitaron, asintió casi imperceptiblemente con la cabeza y luego volvió a inclinarla rápidamente hacia atrás: el objeto que estaba balanceando obviamente se había tambaleado un poco y le había dado un susto. De nuevo una especie de disculpa surgió de mis labios. Casi cualquier exhibición de completa autosuficiencia atrae un tributo aturdido de mi parte.

Volví a mirar a mi prima, que empezó a hacerme preguntas con su voz grave y emocionada. Era el tipo de voz que el oído sigue de arriba a abajo, como si cada discurso fuera un arreglo de notas que nunca volverán a sonar. Su rostro era triste y encantador, con cosas brillantes en él, ojos brillantes y una boca brillante y apasionada, pero había una excitación en su voz que a los hombres que la habían querido les resultaba difícil de olvidar: una compulsión de canto, un "escucha" susurrado, una promesa de que había hecho cosas alegres y excitantes hacía un rato y que había cosas alegres y excitantes rondando en la próxima hora.

Le conté que había hecho una parada en Chicago durante un día en mi camino hacia el Este, y que una docena de personas me habían pedido que le diera saludos.

«¿Me echan de menos?», exclamó extasiada.

«Toda la ciudad está desolada. Todos los coches tienen la rueda izquierda trasera pintada de negro, como una corona de luto, y hay un lamento persistente toda la noche a lo largo de la costa norte».

«¡Qué hermoso! Volvamos, Tom. Mañana». Luego añadió de manera irrelevante: «Deberías ver al bebé».

«Me gustaría».

«Está dormida. Tiene tres años. ¿No la has visto nunca?».

«Nunca».

«Bueno, deberías verla. Ella es...».

Tom Buchanan, que había estado revoloteando inquieto por la habitación, se detuvo y apoyó su mano en mi hombro.

«¿A qué te dedicas, Nick?».

«Soy agente de bolsa».

«¿Con quiénes?».

Le dije.

«Nunca he oído hablar de ellos», comentó tajante.

Eso me molestó.

«Ya lo oirás», respondí secamente. «Lo oirás si te quedas en el Este».

«Oh, me quedaré en el Este, no te preocupes», dijo, mirando a Daisy y luego de nuevo a mí, como si estuviera alerta por algo más. «Sería un maldito tonto si viviera en otro lugar».

En ese momento la señorita Baker dijo: «¡Por supuesto!», con tal brusquedad que me sobresalté; era la primera palabra que pronunciaba desde que entré en la habitación. Evidentemente, le sorprendió tanto como a mí, porque bostezó y, con una serie de rápidos y hábiles movimientos, se puso de pie.

«Estoy agarrotada», se quejó, «llevo tumbada en ese sofá desde que tengo uso de razón».

«No me mires a mí», replicó Daisy, «llevo toda la tarde intentando llevarte a New York».

«No, gracias», dijo la señorita Baker a los cuatro cócteles recién llegados de la cocina. «Estoy en pleno entrenamiento».

Su anfitriona la miró incrédula.

«¡Lo estás!». Tom bajó su bebida como si fuera una gota en el fondo del vaso. «Cómo consigues hacer algo, no lo entiendo».

Miré a la señorita Baker, preguntándome qué era lo que había «hecho». Me gustaba mirarla. Era una muchacha esbelta, de pechos pequeños, con porte erguido, que acentuaba echando el cuerpo hacia atrás en los hombros como un joven cadete. Sus ojos grises y cansados por el sol me miraban con educada curiosidad recíproca desde un rostro pálido, encantador y descontento. Se me ocurrió que ya la había visto, o una imagen de ella, en algún lugar.

«Vives en West Egg», comentó despectivamente. «Conozco a alguien allí».

«No conozco a nadie...».

«Debes conocer a Gatsby».

«¿Gatsby?», preguntó Daisy. «¿Cuál Gatsby?».

Antes de que pudiera responder que era mi vecino, anunciaron la cena; encajando imperativamente su tenso brazo bajo el mío, Tom Buchanan me obligó a salir de la habitación como si estuviera moviendo una ficha de damas a otra casilla.

Esbeltas, lánguidas, con las manos puestas ligeramente en las caderas, las dos jóvenes nos precedieron hasta un porche de color rosado, abierto hacia el atardecer, donde cuatro velas parpadeaban sobre la mesa en el menguado viento.

«¿Por qué velas?», objetó Daisy, frunciendo el ceño. Las apagó con los dedos. «Dentro de dos semanas será el día más largo del año». Nos miró a todos radiantemente. «¿Siempre están pendientes del día más largo del año y luego se lo pierden? Yo siempre estoy pendiente del día más largo del año y luego me lo pierdo».

«Deberíamos planear algo», bostezó la señorita Baker, sentándose en la mesa como si estuviera metiéndose en la cama.

«De acuerdo», dijo Daisy. «¿Qué planeamos?». Se volvió hacia mí sin poder evitarlo: «¿Qué planea la gente?».

Antes de que yo pudiera responder, los ojos de ella se fijaron con una expresión de asombro en su dedo meñique.

«¡Miren!», se quejó; «me he hecho daño».

Todos miramos: el nudillo estaba negro y azul.

«Tú lo hiciste, Tom», dijo acusadoramente. «Sé que no era tu intención, pero lo hiciste. Eso es lo que me pasa por casarme con un hombre bruto, un espécimen físico grande y corpulento de...»

«Odio esa palabra "corpulento"», objetó Tom, «incluso en broma».

«Corpulento», insistió Daisy.

A veces ella y la señorita Baker hablaban a la vez, discretamente y con una inconsecuencia bromista que nunca era del todo charla, que era tan fría como sus vestidos blancos y sus ojos impersonales en ausencia de todo deseo. Estaban aquí, y nos aceptaban a Tom y a mí, haciendo sólo un educado y agradable esfuerzo por entretener o ser entretenidas. Sabían que en breve la cena terminaría y que un poco más tarde la velada también terminaría y se archivaría casualmente. Era muy diferente de lo que ocurría en el Oeste, donde la velada se apresuraba de fase en fase hacia su final, en una anticipación continuamente decepcionada o bien en el puro temor nervioso del momento mismo.

«Me haces sentir incivilizado, Daisy», confesé en mi segunda copa de clarete con ligero gusto a corcho pero bastante impresionante. «¿No puedes hablar de cultivos o algo así?».

No quise decir nada en particular con este comentario, pero fue tomado de una manera inesperada.

«La civilización se está yendo al garete», estalló Tom violentamente. «Me he convertido en un terrible pesimista sobre el estado de las cosas. ¿Has leído "El auge de los imperios de color", de ese tal Goddard?».

«Pues no», respondí, bastante sorprendido por su tono.

«Bueno, es un buen libro, y todo el mundo debería leerlo. La idea es que si no tenemos cuidado, la raza blanca será... será hundida por completo. Es todo material científico; ha sido probado».

«Tom se está volviendo muy profundo», dijo Daisy, con una expresión de tristeza irreflexiva. «Lee libros profundos con palabras largas. ¿Cuál era esa palabra que...?».

«Bueno, estos libros son todos científicos», insistió Tom, mirándola con impaciencia. «Este tipo ha elaborado todo el asunto. Depende de nosotros, que somos la raza dominante, tener cuidado o estas otras razas tendrán el control de las cosas».

«Tenemos que derrotarlos», susurró Daisy, guiñando ferozmente el ojo hacia el ferviente sol.

«Deberías vivir en California...», comenzó a decir la señorita Baker, pero Tom la interrumpió, agitándose con pesadez en su silla.

«Esta idea es que somos nórdicos. Yo lo soy, y tú lo eres, y tú lo eres, y...», tras una infinitesimal vacilación, incluyó a Daisy con un leve movimiento de cabeza, y ella volvió a guiñarme el ojo. «...Y hemos producido todas las cosas que hacen a la civilización... como... la ciencia y el arte... y todo eso. ¿Entiendes?».

Había algo patético en su concentración, como si su complacencia, más aguda que antaño, ya no le bastara. Cuando, casi inmediatamente, sonó el teléfono en el interior y el mayordomo abandonó el porche, Daisy aprovechó la momentánea interrupción y se inclinó hacia mí.

«Te voy a contar un secreto de familia», susurró con entusiasmo. «Se trata de la nariz del mayordomo. ¿Quieres oír la historia sobre la nariz del mayordomo?».

«Por eso he venido esta noche».

«Bueno, no siempre fue un mayordomo; solía pulirle la platería a ciertas personas en New York que tenían un servicio de plata para doscientas personas. Tenía que pulirlo desde la mañana hasta la noche, hasta que finalmente empezó a afectarle la nariz...».

«Las cosas fueron de mal en peor», sugirió la señorita Baker.

«Sí. Las cosas fueron de mal en peor, hasta que finalmente tuvo que renunciar a su puesto».

Por un momento, los últimos rayos de sol cayeron con romántico afecto sobre su rostro resplandeciente; su voz me obligó a avanzar, sin aliento mientras la escuchaba; luego el resplandor se desvaneció, y cada luz la abandonó con persistente pesar, como los niños que abandonan una calle agradable al anochecer.

El mayordomo regresó y murmuró algo al oído a Tom, quien frunció el ceño, apartó su silla y, sin decir una palabra, entró. Como si su ausencia hubiera acelerado algo en su interior, Daisy volvió a inclinarse hacia delante, con una voz brillante y cantarina.

«Me encanta verte en mi mesa, Nick. Me recuerdas a una... a una rosa, una rosa absoluta. ¿No es así?». Se volvió hacia la señorita Baker en busca de confirmación: «¿Una rosa absoluta?».

Esto es falso. No me parezco ni un poco a una rosa. Ella sólo estaba improvisando, pero un calor conmovedor brotaba de ella, como si su corazón intentara salir a la luz, oculto en una de esas palabras emocionantes, sin aliento. Entonces, de repente, ella tiró la servilleta sobre la mesa, se excusó y entró a la casa.

La señorita Baker y yo intercambiamos una breve mirada carente de significado a sabiendas. Yo estaba a punto de hablar cuando ella se sentó alerta y dijo: «¡Shhh!», advirtiéndome. Un tenue murmullo apasionado se oyó en una habitación más lejana, y la señorita Baker se inclinó hacia delante sin vergüenza alguna, tratando de escuchar. El murmullo vibró al borde de la coherencia, se hundió, subió de tono y luego cesó por completo.

«Este señor Gatsby del que hablas es mi vecino...», comencé.

«No hables. Quiero escuchar lo que pasa».

«¿Pasa algo?», pregunté inocentemente.

«¿Quieres decir que no lo sabes?», dijo la señorita Baker, honestamente sorprendida. «Creía que todo el mundo lo sabía».

«Yo no».

«¿Por qué...?», dijo vacilante. «Tom tiene una mujer en New York».

«¿Tiene una mujer?», repetí sin comprender.

La señorita Baker asintió.

«Podría tener la decencia de no llamarle por teléfono a la hora de la cena. ¿No crees?».

Casi antes de que comprendiera lo que quería decir, se oyó el revoloteo de un vestido y el crujido de unas botas de cuero, y Tom y Daisy volvieron a la mesa.

«¡Era inevitable!», gritó Daisy con tensa alegría.

Ella se sentó, echó una mirada escrutadora a la señorita Baker y luego a mí, y continuó: «He mirado fuera un minuto, y el exterior es muy romántico. Hay un pájaro en el césped que creo que debe ser un ruiseñor venido en la Cunard o en la White Star Line. Está cantando...». Su voz cantó: «Es romántico, ¿verdad, Tom?».

«Muy romántico», dijo, y luego miserablemente a mí: «Si hay suficiente luz después de la cena, quiero llevarte a los establos».

El teléfono sonó dentro, sorprendentemente, y cuando Daisy sacudió la cabeza rotundamente hacia Tom, el tema de los establos, de hecho, todos los temas se desvanecieron en el aire. Entre los fragmentos rotos de los últimos cinco minutos en la mesa recuerdo que las velas se encendieron de nuevo, sin sentido, y fui consciente de querer mirar de frente a todos, y a la vez evitar todas las miradas. No podía adivinar lo que Daisy y Tom estaban pensando, pero dudo que incluso la señorita Baker, que parecía haber dominado un cierto escepticismo resistente, fuera capaz de apartar por completo de su mente la estridente urgencia metálica de este quinto invitado. Para un determinado temperamento la situación podría haber parecido intrigante; mi propio instinto fue llamar inmediatamente a la policía.

Los caballos, no hace falta decirlo, no volvieron a ser mencionados. Tom y la señorita Baker, con varios metros de crepúsculo entre ellos, volvieron a entrar en la biblioteca, como si se tratara de una vigilia junto a un cadáver perfectamente tangible, mientras que, tratando de parecer agradablemente interesado y un poco sordo, seguí a Daisy alrededor de una cadena de verandas conectadas hasta el porche de enfrente. En su profunda penumbra nos sentamos uno al lado del otro en un sofá de mimbre.

Daisy se tomó la cara entre las manos como para sentir su encantadora forma, y sus ojos se movieron gradualmente hacia el aterciopelado crepúsculo. Vi que la poseían emociones turbulentas, así que le hice lo que pensé que serían algunas preguntas sedantes sobre su pequeña hija.

«No nos conocemos muy bien, Nick», dijo de repente. «Aunque seamos primos. No viniste a mi boda».

«Todavía no había vuelto de la guerra».

«Eso es cierto». Ella dudó. «Bueno, lo he pasado muy mal, Nick, y soy bastante cínica con todo».

Evidentemente tenía razones para serlo. Esperé, pero no dijo nada más, y después de un momento volví al tema de su hija con poca convicción.

«Supongo que ella habla, y... come, y todo».

«Oh, sí». Me miró distraídamente. «Escucha, Nick; déjame contarte lo que dije cuando nació. ¿Te gustaría oírlo?».

«Mucho».

«Te mostrará cómo he llegado a sentir... las cosas. Bueno, ella tenía menos de una hora y Tom estaba Dios sabe dónde. Me desperté de la anestesia con una sensación de abandono total, y enseguida le pregunté a la enfermera si era niño o niña. Me dijo que era una niña, así que giré la cabeza y lloré. "Muy bien", dije, "me alegro de que sea una niña. Y espero que sea una tonta; eso es lo mejor que puede ser una niña en este mundo, una hermosa tonta"».

«Ya ves que pienso que todo es terrible de todas formas», continuó convencida. «Todo el mundo lo piensa... la gente con ideas más avanzadas. Y yo lo sé. He estado en todas partes y he visto todo y he hecho todo». Sus ojos brillaron a su alrededor de manera desafiante, más bien como los de Tom, y se rió con emocionante desprecio. «¡Sofisticada... Dios, soy sofisticada!».

En el momento en que su voz se interrumpió, dejando de atraer mi atención, mi creencia, sentí la insinceridad básica de lo que ella había dicho. Me sentí incómodo, como si toda la velada hubiera sido una especie de estratagema para extraerme una emoción que contribuyera a ello. Esperé y, efectivamente, en un momento me miró con una sonrisa absoluta en su encantador rostro, como si hubiera afirmado su pertenencia a una sociedad secreta bastante distinguida a la que ella y Tom pertenecían.

En el interior, la habitación carmesí florecía de luz. Tom y la señorita Baker se sentaron a ambos lados del largo sofá y ella le leía en voz alta el «Saturday Evening Post», con palabras murmuradas y sin inflexiones, que se sucedían en una melodía relajante. La luz de la lámpara, brillante sobre las botas de él y opaca sobre el amarillo otoñal del cabello de ella, brillaba a lo largo del papel mientras ella pasaba una página con un movimiento de los delgados músculos de sus brazos.

Cuando entramos, nos mantuvo en silencio un momento con la mano levantada.

«Continuará», dijo, arrojando la revista sobre la mesa, «en nuestro próximo número».

Su cuerpo se afirmó con un movimiento inquieto de la rodilla y se puso de pie.

«Las diez», comentó, aparentemente viendo la hora en el techo. «Es hora de que esta buena chica se vaya a la cama».

«Jordan va a jugar mañana en el torneo», explicó Daisy, «en Westchester».

«Oh... tú eres Jordan Baker».

Ahora sabía por qué su rostro me resultaba familiar: su agradable expresión despectiva me había mirado desde muchas fotos en huecograbado sobre la vida deportiva en Asheville y Hot Springs y Palm Beach. También había oído alguna historia sobre ella, una historia negativa y desagradable, pero hacía tiempo que había olvidado cuál era.

«Buenas noches», dijo suavemente. «Despiértame a las ocho, ¿quieres?».

«Si te levantas».

«Lo haré. Buenas noches, señor Carraway. Hasta luego».

«Por supuesto que sí», confirmó Daisy. «De hecho, creo que voy a organizar un matrimonio. Ven a menudo, Nick, y les arreglaré alguna forma para que... oh... estén juntos. Ya sabes... encerrarlos accidentalmente en armarios de lino y empujarlos al mar en un barco, y todo ese tipo de cosas...».

«Buenas noches», dijo la señorita Baker desde las escaleras. «No he oído ni una palabra».

«Es una buena chica», dijo Tom después de un momento. «No deberían dejarla correr por el país de esta manera».

«¿Quién no debería?», preguntó Daisy con frialdad.

«Su familia».

«Su familia es una tía de unos mil años. Además, Nick va a cuidar de ella, ¿no es así, Nick? Va a pasar muchos fines de semana aquí este verano. Creo que la influencia del hogar será muy buena para ella».

Daisy y Tom se miraron un momento en silencio.

«¿Es de New York?», pregunté rápidamente.

«De Louisville. Nuestra infancia inmaculada la pasamos juntos allí. Nuestra hermosa, inmaculada...».

«¿Le diste a Nick una pequeña charla de corazón a corazón en la veranda?», preguntó Tom de repente.

«¿Lo hice?». Me miró. «No me acuerdo, pero creo que hablamos de la raza nórdica. Sí, estoy seguro de que lo hicimos. Se nos ocurrió de repente y sin que nos diéramos cuenta...».

«No creas todo lo que oyes, Nick», me aconsejó él.

Dije con ligereza que no había oído nada en absoluto, y unos minutos después me levanté para ir a casa. Vinieron a la puerta conmigo y se pusieron uno al lado del otro en un alegre cuadrado de luz. Cuando puse en marcha mi motor, Daisy me llamó perentoriamente: «¡Espera!».

«Me olvidé de preguntarte algo, y es importante. Hemos oído que estás comprometido con una chica del Oeste».

«Así es», corroboró Tom amablemente. «Hemos oído que estabas comprometido».

«Es una calumnia. Soy demasiado pobre».

«Pero lo hemos oído», insistió Daisy, sorprendiéndome al abrirse de nuevo en forma de flor. «Lo hemos oído de tres personas, así que debe ser verdad».

Por supuesto que sabía a qué se referían, pero no estaba ni siquiera vagamente comprometido. El hecho de que las habladurías hubieran publicado las amonestaciones era una de las razones por las que había venido al Este. No se puede dejar de ir a ver a una vieja amiga a causa de los rumores, y por otra parte no tenía ninguna intención de que se rumoreara sobre mi matrimonio.

Su interés me conmovió bastante y los hizo menos remotamente ricos; sin embargo, me sentí confundido y un poco disgustado mientras me alejaba. Me parecía que lo que debía hacer Daisy era salir corriendo de la casa, con la niña en brazos, pero aparentemente no había tales intenciones en su cabeza. En cuanto a Tom, el hecho de que «tuviera una mujer en New York» era realmente menos sorprendente que el hecho de que se hubiera deprimido por un libro. Algo le hacía mordisquear el borde de las ideas rancias, como si su robusto egoísmo físico ya no alimentara su perentorio corazón.

Ya era pleno verano en los tejados de los bares de la calle y frente a los garajes de los caminos, donde las nuevas bombas de gasolina rojas se asentaban en charcos de luz, y cuando llegué a mi finca de West Egg metí el coche bajo su cobertizo y me senté un rato en un rollo de hierba abandonado en el patio. El viento se había ido, dejando una noche ruidosa y brillante, con el batir de las alas en los árboles y un persistente sonido de órgano cuando el fuelle de la tierra llenaba de vida a las ranas. La silueta de un gato que se movía vaciló a través de la luz de la luna y, al girar la cabeza para observarlo, vi que yo no estaba solo: a quince metros de distancia, una figura había salido de la sombra de la mansión de mi vecino y estaba de pie con las manos en los bolsillos mirando la pimienta plateada de las estrellas. Algo en sus movimientos pausados y en la posición segura de sus pies sobre el césped sugería que se trataba del mismísimo señor Gatsby, que había salido a determinar qué parte le correspondía de nuestros cielos locales.

Decidí llamarle. La señorita Baker lo había mencionado en la cena, y eso serviría de presentación. Pero no le llamé, porque dio la repentina impresión de que se contentaba con estar solo: extendió los brazos hacia el agua oscura de una manera curiosa y, a pesar de que yo estaba lejos de él, podría jurar que estaba temblando. Involuntariamente miré hacia el mar y no distinguí nada, salvo una única luz verde, diminuta y lejana, que podría haber sido el extremo de un muelle. Cuando volví a buscar a Gatsby, éste había desaparecido y yo estaba de nuevo solo en la inquietante oscuridad.

II

Aproximadamente a mitad de camino entre West Egg y New York, la carretera se une apresuradamente al ferrocarril y corre junto a él durante un cuarto de milla, para alejarse de cierta zona de tierra desolada. Se trata de un valle de cenizas, una finca fantástica en la que las cenizas crecen como el trigo en crestas y colinas y grotescos jardines; en la que las cenizas adoptan las formas de casas y de chimeneas y de humo ascendente y, finalmente, con un esfuerzo trascendente, de hombres grises como la ceniza, que se mueven tenuemente, ya desmoronados por el aire polvoriento. De vez en cuando, una fila de coches grises se arrastra por una pista invisible, emite un espantoso crujido y se detiene, e inmediatamente los hombres grises como la ceniza se arremolinan con palas de plomo y levantan una nube impenetrable, que oculta sus oscuras operaciones de la vista.

Pero por encima de la tierra gris y de los espasmos de polvo lúgubre que vagan sin cesar sobre ella, se perciben, al cabo de un momento, los ojos del doctor T. J. Eckleburg. Los ojos del doctor T. J. Eckleburg son azules y gigantescos; sus retinas tienen una yarda de altura. No miran desde ninguna cara, sino desde un par de enormes gafas amarillas que pasan por encima de una nariz inexistente. Evidentemente, algún salvaje oculista las colocó allí para engrosar su consulta en el distrito de Queens, y luego se hundió él mismo en la ceguera eterna, o las olvidó y se marchó. Pero sus ojos, un poco oscurecidos por muchos días sin pintura, bajo el sol y la lluvia, siguen contemplando el solemne basurero.

El valle de las cenizas está delimitado por un lado por un pequeño río fétido y, cuando el puente levadizo está levantado para dejar pasar las barcazas, los pasajeros de los trenes que esperan pueden contemplar la lúgubre escena hasta media hora. Siempre hay una parada allí de al menos un minuto, y fue debido a esto que conocí a la amante de Tom Buchanan.

El hecho de que tuviera una se repetía dondequiera que se le conociera. A sus conocidos les molestaba que se presentara en los cafés populares con ella y que, dejándola a la mesa, se pasease de un lado a otro, charlando con cualquiera que conociera. Aunque yo tenía curiosidad por verla, no tenía ningún deseo de conocerla, pero lo hice. Una tarde subí a New York con Tom en el tren, y cuando nos detuvimos junto a los montones de cenizas él se puso en pie de un salto y, agarrándome del codo, me obligó literalmente a bajar del vagón.

«Nos bajamos aquí», insistió. «Quiero que conozcas a mi chica».

Creo que se había emborrachado bastante en el almuerzo, y su empeño en tener mi compañía rozaba la violencia. La suposición arrogante era que el domingo por la tarde yo no tenía nada mejor que hacer.

Le seguí por encima de la valla de ferrocarril baja y pintada de blanco, y retrocedimos unos cien metros a lo largo de la carretera bajo la persistente mirada del doctor Eckleburg. El único edificio a la vista era un pequeño bloque de ladrillos amarillos asentado en el borde del terreno baldío, una especie de calle principal compacta que llegaba a él y que colindaba con absolutamente nada. Una de las tres tiendas que contenía estaba en alquiler y otra era un restaurante que funcionaba toda la noche, al que se llegaba por un camino de cenizas; la tercera era un garaje —«Reparaciones. George B. Wilson. Compra y venta de coches»— en el que entré siguiendo a Tom.

El interior era poco próspero y estaba despojado; el único coche visible era la ruina cubierta de polvo de un Ford que se agazapaba en un rincón oscuro. Se me había ocurrido que esta sombra de garaje debía ser un decorado, y que encima se ocultaban suntuosos y románticos apartamentos, cuando el propio propietario apareció en la puerta de un despacho, limpiándose las manos en un trozo de basura. Era un hombre rubio, sin espíritu, anémico y ligeramente guapo. Cuando nos vio, un húmedo brillo de esperanza brotó en sus ojos azul claro.

«Hola, Wilson, viejo», dijo Tom, dándole una jovial palmada en el hombro. «¿Cómo va el negocio?».

«No puedo quejarme», respondió Wilson sin convicción. «¿Cuándo vas a venderme ese coche?».

«La próxima semana; tengo a mi empleado trabajando en él ahora».

«Trabaja muy lentamente, ¿no?».

«No, no lo hace», dijo Tom fríamente. «Y si te sientes así al respecto, tal vez sea mejor que lo venda en otro lugar después de todo».

«No quería decir eso», explicó Wilson rápidamente. «Sólo quería decir...».

Su voz se apagó y Tom miró con impaciencia alrededor del garaje. Entonces oí pasos en una escalera, y en un momento la gruesa figura de una mujer bloqueó la luz de la puerta de la oficina. Tenía unos treinta años y era ligeramente corpulenta, pero llevaba su carne con la sensualidad con que lo hacen algunas mujeres. Su rostro, por encima de un vestido a lunares de crêpe-de-chine azul oscuro, no contenía ninguna faceta o brillo de belleza, pero había una vitalidad inmediatamente perceptible en ella, como si los nervios de su cuerpo estuvieran continuamente ardiendo. Sonrió lentamente y, pasando por delante de su marido como si fuera un fantasma, estrechó la mano de Tom, mirándolo a los ojos. Luego se humedeció los labios y, sin volverse, le habló a su marido con voz suave y gruesa:

«Trae algunas sillas, ¿no te parece?, para que alguien pueda sentarse».

«Oh, claro», aceptó Wilson apresuradamente, y se dirigió hacia la pequeña oficina, mezclándose inmediatamente con el color del cemento de las paredes. Un polvo blanco ceniciento ocultaba su traje oscuro y su pelo pálido como ocultaba todo lo que había en los alrededores, excepto su esposa, que se acercaba a Tom.

«Quiero verte», dijo Tom con decisión. «Sube al próximo tren».

«De acuerdo».

«Te veré junto al quiosco de la planta baja».

Ella asintió y se alejó de él justo cuando George Wilson salió con dos sillas de la puerta de su oficina.

La esperamos al final de la carretera y fuera de la vista. Faltaban pocos días para el 4 de julio, y un niño italiano, gris y escuálido, estaba colocando petardos en fila a lo largo de la vía del tren.

«Terrible lugar, ¿verdad?», dijo Tom, intercambiando un ceño fruncido con el doctor Eckleburg.

«Horrible».

«Le viene bien alejarse».

«¿Su marido no se opone?».

«¿Wilson? Él cree que ella va a ver a su hermana en New York. Es tan tonto que no sabe que está vivo».

Así que Tom Buchanan, su chica y yo subimos juntos a New York, o no del todo juntos, porque la señora Wilson se sentó discretamente en otro vagón. Tom respetó la sensibilidad de los habitantes de East Egg que pudieran estar en el tren.

Se había cambiado el vestido por una muselina de color marrón, que se ceñía a sus caderas más bien anchas cuando Tom la ayudó a subir al andén en New York. En el quiosco compró un ejemplar de Town Tattle y una revista de cine, y en el drugstore de la estación una crema facial y un pequeño frasco de perfume. Una vez arriba, en la entrada solemne y llena de eco, dejó que se alejaran cuatro taxis antes de elegir uno nuevo, de color lavanda con tapicería gris, y en él nos deslizamos desde el macizo de la estación hacia el sol resplandeciente. Pero inmediatamente se apartó bruscamente de la ventanilla, se inclinó hacia delante y dio unos golpecitos en el cristal del chofer.

«Quiero uno de esos perros», dijo encarecidamente. «Quiero uno para el apartamento. Es bueno tener... un perro».

Retrocedimos hasta llegar a un anciano gris que tenía un absurdo parecido con John D. Rockefeller. En un cesto que pendía de su cuello se agazapaban una docena de cachorros muy jóvenes de una raza indeterminada.

«¿De qué raza son?», preguntó la señora Wilson con entusiasmo, cuando se acercó a la ventanilla del taxi.

«De toda raza. ¿De qué raza quiere usted, señora?».

«Me gustaría tener uno de esos perros policía; supongo que no tiene de esa raza».

El hombre se asomó dubitativo a la cesta, metió la mano y sacó uno, retorciéndose, por la nuca.

«Ese no es un perro policía», dijo Tom.

«No, no es exactamente un perro policía», dijo el hombre con decepción en su voz. «Es más bien un Airedale». Pasó la mano por el paño marrón del lomo. «Mira ese pelaje. Menudo pelaje. Este es un perro que nunca le molestará por haber cogido frío».

«Me parece precioso», dijo la señora Wilson con entusiasmo. «¿Cuánto cuesta?».

«¿Este perro?». Lo miró con admiración. «Este perro le costará diez dólares».

El Airedale —sin duda había un Airedale implicado en alguna parte, aunque sus patas eran asombrosamente blancas— cambió de manos y se acomodó en el regazo de la señora Wilson, que acarició el pelaje resistente a la intemperie con embeleso.

«¿Es un macho o una hembra?», preguntó con delicadeza.

«¿Ese perro? Ese perro es un macho».

«Es una perra», dijo Tom con decisión. «Aquí tienes tu dinero. Ve y compra diez perros más con él».

Nos dirigimos a la Quinta Avenida, cálida y suave, casi pastoral, en la tarde del domingo de verano. No me habría sorprendido ver un gran rebaño de ovejas blancas doblar la esquina.

«Espera», dije yo, «tengo que dejarlos aquí».

«No, no tienes que hacerlo», interpuso Tom rápidamente. «Myrtle se sentirá mal si no subes al apartamento. ¿No es así, Myrtle?».

«Venga», instó ella. «Llamaré por teléfono a mi hermana Catherine. La gente que sabe dice que es muy hermosa».

«Bueno, me gustaría, pero...».

Seguimos adelante, tomando de nuevo un atajo por Central Park hacia el oeste y la calle Cien. En la calle 158, el taxi se detuvo en un trozo de un largo pastel blanco de casas de apartamentos. Lanzando una regia mirada de bienvenida al vecindario, la señora Wilson recogió su perro y sus otras compras, y entró con altivez.

«Voy a hacer subir a los McKees», anunció mientras subíamos en el ascensor. «Y, por supuesto, también tengo que llamar a mi hermana».

El apartamento estaba en el último piso: un pequeño salón, un pequeño comedor, un pequeño dormitorio y un baño. El salón estaba abarrotado hasta las puertas con un conjunto de muebles tapizados demasiado grandes para él, de modo que moverse era tropezar continuamente con escenas de damas columpiándose en los jardines de Versalles. El único cuadro era una fotografía demasiado grande, aparentemente una gallina sentada en una roca borrosa. Sin embargo, si se miraba desde la distancia, la gallina se convertía en un gorro y el rostro de una anciana corpulenta iluminaba la habitación. Sobre la mesa había varios ejemplares antiguos de Town Tattle, junto con un ejemplar de «Simón llamado Pedro» y algunas de las pequeñas revistas de escándalo de Broadway. La señora Wilson se ocupó primero del perro. Un ascensorista reticente fue a por una caja llena de paja y un poco de leche, a la que añadió por iniciativa propia una lata de grandes y duras galletas para perros, una de las cuales se descompuso apáticamente en el platillo de leche durante toda la tarde. Mientras tanto, Tom sacó una botella de whisky de una puerta cerrada del escritorio.

Sólo me he emborrachado dos veces en mi vida, y la segunda vez fue aquella tarde; de modo que todo lo que ocurrió tiene una tonalidad tenue y nebulosa, aunque hasta después de las ocho el apartamento estuvo lleno de sol radiante. Sentada en el regazo de Tom, la señora Wilson llamó a varias personas por teléfono; luego no había cigarrillos, y salí a comprar algunos en el drugstore de la esquina. Cuando volví, ambos habían desaparecido, así que me senté discretamente en el salón y leí un capítulo de «Simón llamado Pedro»; o era un material terrible o el whisky distorsionaba las cosas, porque no tenía ningún sentido para mí.

Justo cuando Tom y Myrtle (después del primer trago la señora Wilson y yo nos llamamos por nuestros nombres de pila) reaparecieron, la gente empezó a llegar a la puerta del apartamento.

La hermana, Catherine, era una muchacha esbelta y mundana de unos treinta años, con una sólida y pegajosa melena pelirroja, y una tez empolvada de color blanco lechoso. Se había depilado las cejas y luego las había vuelto a dibujar en un ángulo más rasgado, pero los esfuerzos de la naturaleza por restaurar la antigua alineación daban un aire borroso a su rostro. Cuando se movía, se oía un chasquido incesante mientras innumerables brazaletes de cerámica tintineaban arriba y abajo en sus brazos. Entró con una prisa propia a la dueña de un lugar, y miró los muebles de forma tan posesiva que me pregunté si vivía aquí. Pero cuando le pregunté se rió desmesuradamente, repitió mi pregunta en voz alta y me dijo que vivía con una amiga en un hotel.

El señor McKee era un hombre pálido y femenino del departamento de abajo. Acababa de afeitarse, pues tenía una mancha blanca de espuma en el pómulo, y fue muy respetuoso al saludar a todos los presentes. Me informó de que estaba en el «mundo artístico», y más tarde deduje que era fotógrafo y que había hecho la borrosa ampliación de la madre de la señora Wilson que flotaba como un ectoplasma en la pared. Su mujer era chillona, lánguida, guapa y horrible. Me dijo con orgullo que su marido la había fotografiado ciento veintisiete veces desde que se habían casado.

La señora Wilson se había cambiado de traje hacía un rato, y ahora llevaba un elaborado vestido de tarde de gasa color crema, que crujía continuamente cuando se movía por la habitación. Con la influencia del vestido, su personalidad también había sufrido un cambio. La intensa vitalidad que había sido tan notable en el garaje se convirtió en una impresionante elegancia. Su risa, sus gestos, sus afirmaciones se volvían más violentamente afectadas momento a momento, y a medida que ella se expandía la habitación se hacía más pequeña a su alrededor, hasta que ella parecía estar girando sobre un pivote ruidoso y chirriante a través del aire humeante.

«Querida», le dijo a su hermana con un grito agudo y cortante, «la mayoría de estos tipos te engañan siempre. Sólo piensan en el dinero. La semana pasada vino una mujer a arreglarme los pies, y cuando me dio la factura se podría pensar que me había sacado la apendicitis».

«¿Cómo se llamaba la mujer?», preguntó la señora McKee.

«La señora Eberhardt. Va por ahí arreglando los pies de la gente en sus propias casas».

«Me gusta tu vestido», comentó la señora McKee, «creo que es adorable».

La señora Wilson rechazó el cumplido levantando la ceja con desdén.

«Es sólo una cosa vieja y loca», dijo. «Sólo me lo pongo a veces cuando no me importa mi aspecto».

«Pero te queda de maravilla, si sabes a qué me refiero», prosiguió la señora McKee. «Si Chester pudiera sacarte una fotografía en esa pose creo que podría sacar algo de provecho».

Todos miramos en silencio a la señora Wilson, que se quitó un mechón de pelo de los ojos y nos devolvió la mirada con una brillante sonrisa. El señor McKee la miraba atentamente con la cabeza hacia un lado, y luego movía la mano de un lado a otro lentamente frente a su cara.

«Debería cambiar la luz», dijo después de un momento. «Me gustaría resaltar el modelado de los rasgos. Y trataría de captar todo el pelo de atrás».

«No se me ocurriría cambiar la luz», exclamó la señora McKee. «Creo que es...».

Su marido dijo «¡Sh!» y todos volvimos a mirar a la modelo, con lo que Tom Buchanan bostezó audiblemente y se puso de pie.

«Ustedes, los McKees, beban algo», dijo. «Trae más hielo y agua mineral, Myrtle, antes de que todos se duerman».

«Le dije a ese chico lo del hielo». Myrtle levantó las cejas, desesperada por la desidia de la clase baja. «¡Esta gente! Hay que estar detrás de ellos todo el tiempo».

Me miró y se rió sin razón alguna. Luego se abalanzó sobre el perro, lo besó con éxtasis y se dirigió a la cocina, dando a entender que una docena de cocineros esperaban allí sus órdenes.

«He hecho cosas interesantes en Long Island», afirmó el señor

McKee.

Tom le miró sin comprender.

«Dos de ellas las tenemos enmarcados abajo».

«¿Dos qué?», preguntó Tom.

«Dos estudios. Uno de ellos lo llamo Montauk Point—Las Gaviotas, y el otro Montauk Point—El Mar».

La hermana, Catherine, se sentó a mi lado en el sofá.

«¿También vives en Long Island?», preguntó.

«Vivo en West Egg».

«¿En serio? Estuve allí en una fiesta hace un mes. En casa de un caballero llamado Gatsby. ¿Lo conoces?».

«Vivo en la casa de al lado».

«Bueno, dicen que es un sobrino o un primo del Kaiser Wilhelm. De ahí viene todo su dinero».

«¿De verdad?»

Ella asintió.

«Le tengo miedo. Odiaría que se la tome conmigo».

Esta fascinante información sobre mi vecino fue interrumpida por la señora McKee, que señaló repentinamente a Catherine:

«Chester, creo que podrías hacer algo con ella», espetó ella, pero el señor McKee se limitó a asentir de forma aburrida, y volvió su atención hacia Tom.

«Me gustaría hacer más trabajos en Long Island, si pudiera conseguir quien me presente. Todo lo que pido es que me den algo para comenzar».

«Pregúntale a Myrtle», dijo Tom, rompiendo en un breve alarido de risa cuando la señora Wilson entró con una bandeja. «Te dará una carta de presentación, ¿verdad, Myrtle?».

«¿Hacer qué?», preguntó ella, sorprendida.

«Le darás a McKee una carta de presentación para tu marido, para que pueda hacer algunos estudios sobre él». Sus labios se movieron en silencio por un momento mientras inventaba: «"George B. Wilson en la bomba de gasolina", o algo así».

Catherine se acercó a mí y me susurró al oído:

«Ninguno de los dos soporta a la persona con la que están casados».

«¿No lo hacen?».

«No los soportan». Ella miró a Myrtle y luego a Tom. «Lo que digo es, ¿para qué seguir viviendo con ellos si no se soportan? Si yo fuera ellos me divorciaría y me casaría con el otro enseguida».

«¿A ella tampoco le gusta Wilson?»

La respuesta fue inesperada. Vino de Myrtle, que había escuchado la pregunta, y fue violenta y obscena.

«Ya ves», gritó Catherine triunfante. Volvió a bajar la voz. «Es realmente su esposa la que los mantiene separados. Ella es católica y no creen en el divorcio».

Daisy no era católica, y me sorprendió un poco la elaboración de la mentira.

«Cuando se casen», continuó Catherine, «se irán al Oeste a vivir un tiempo hasta que se calme».

«Sería más discreto ir a Europa».

«Oh, ¿te gusta Europa?», exclamó sorprendida. «Acabo de volver de Montecarlo».

«¿De verdad?».

«Sí, el año pasado. Fui allí con otra chica».

«¿Te quedaste mucho tiempo?».

«No, sólo fuimos a Montecarlo y volvimos. Pasamos por Marsella. Teníamos más de mil doscientos dólares cuando empezamos, pero nos lo quitaron todo en dos días en las habitaciones privadas. Lo pasamos muy mal al volver, te lo aseguro. ¡Dios, cómo odiaba esa ciudad!».

El cielo de la tarde floreció en la ventana por un momento como la miel azul del Mediterráneo; entonces la voz estridente de la señora McKee me devolvió a la habitación.

«Yo también estuve a punto de cometer un error», declaró enérgicamente. «Estuve a punto de casarme con un pequeño judío que me perseguía hacía años. Sabía que estaba por debajo de mí. Todo el mundo me decía: "Lucille, ese hombre está muy por debajo de ti". Pero si no hubiera conocido a Chester, seguro que me habría pillado».

«Sí, pero escucha», dijo Myrtle Wilson, moviendo la cabeza de arriba abajo, «al menos no te casaste con él».

«Lo sé, no lo hice».

«Bueno, yo me casé con él», dijo Myrtle, ambiguamente. «Y esa es la diferencia entre tu caso y el mío».

«¿Por qué lo hiciste, Myrtle?», preguntó Catherine. «Nadie te obligó».

Myrtle reflexionó.

«Me casé con él porque pensé que era un caballero», dijo finalmente. «Pensé que tenía algo de buena educación, pero no era digno de lamerme el zapato».

«Estuviste loca por él durante un tiempo», dijo Catherine.

«¡Loca por él!», gritó Myrtle incrédula. «¿Quién ha dicho que estaba loca por él? Nunca estuve más loca por él que por ese hombre que está ahí».

Me señaló de repente, y todos me miraron de forma acusadora. Traté de demostrar con mi expresión que no esperaba ningún aprecio.

«La única locura que tuve fue cuando me casé con él. Supe enseguida que había cometido un error. Tomó prestado el mejor traje de alguien para casarse, y ni siquiera me lo dijo, y el hombre vino a buscarlo un día cuando él estaba fuera: "Oh, ¿es ese su traje?", le dije. "Es la primera vez que oigo hablar de ello". Pero se lo di y luego me acosté y lloré sin parar toda la tarde».

«Realmente debería alejarse de él», me resumió Catherine. «Llevan once años viviendo en ese garaje. Y Tom es el primer amor que tuvo».

La botella de whisky —una segunda— era ahora solicitada constantemente por todos los presentes, excepto por Catherine, que «se sentía igual de bien sin nada». Tom llamó al conserje y le mandó traer unos famosos sándwiches, que eran una cena completa en sí mismos. Yo quería salir y caminar hacia el este, hacia el parque, a través del suave crepúsculo, pero cada vez que intentaba ir me enredaba en alguna discusión salvaje y estridente que me hacía retroceder, como con cuerdas, hacia mi silla. Sin embargo, en lo alto de la ciudad, nuestra línea de ventanas amarillas debió de aportar su cuota de secreto humano al observador casual de las calles que se oscurecían, y yo también lo vi, mirando hacia arriba y preguntándose. Estaba dentro y fuera, simultáneamente encantado y repelido por la inagotable variedad de la vida.

Myrtle acercó su silla a la mía y, de repente, su cálido aliento derramó sobre mí la historia de su primer encuentro con Tom.

«Fue en los dos pequeños asientos enfrentados que siempre son los últimos que quedan en el tren. Iba a New York a ver a mi hermana y a pasar la noche. Él estaba vestido de etiqueta, con zapatos de charol, y yo no podía dejar de mirarle, pero cada vez que él me miraba yo tenía que fingir que estaba mirando el anuncio que había sobre su cabeza. Cuando entramos en la estación, él estaba a mi lado, y su camisa blanca me presionaba el brazo, y entonces le dije que tendría que llamar a un policía, pero él sabía que yo mentía. Estaba tan excitada que cuando me subí a un taxi con él apenas sabía que no estaba subiendo a un tren subterráneo. Lo único que pensaba, una y otra vez, era "No puedes vivir para siempre; no puedes vivir para siempre"».

Se volvió hacia la señora McKee y la habitación se llenó de su risa artificial.

«Querida», exclamó, «te voy a regalar este vestido en cuanto me lo saque. Mañana tengo que comprar otro. Voy a hacer una lista de todas las cosas que tengo que hacer. Un masaje y una permanente, y un collar para el perro, y uno de esos ceniceros tan bonitos en los que se toca un resorte, y una corona con un lazo de seda negro para la tumba de mamá que dure todo el verano. Tengo que escribir una lista para que no se me olviden todas las cosas que tengo que hacer».

Eran las nueve; casi inmediatamente después miré mi reloj y descubrí que eran las diez. El señor McKee estaba dormido en una silla con los puños cerrados en el regazo, como una fotografía de un hombre de acción. Sacando mi pañuelo limpié de su mejilla la mancha de espuma seca que me había preocupado toda la tarde.

El perrito estaba sentado en la mesa mirando con ojos ciegos a través del humo, y de vez en cuando gemía débilmente. La gente desaparecía, reaparecía, hacía planes para ir a alguna parte, y luego se perdía, se buscaba, se encontraba a pocos metros. En algún momento hacia la medianoche, Tom Buchanan y la señora Wilson estaban frente a frente discutiendo, con voces apasionadas, sobre si la señora Wilson tenía derecho a mencionar el nombre de Daisy.

«¡Daisy! ¡Daisy! Daisy!», gritó la señora Wilson. «¡Lo diré cuando quiera! ¡Daisy! Dai...».

Con un breve y hábil movimiento, Tom Buchanan le rompió la nariz con la mano abierta.

Entonces hubo toallas ensangrentadas en el suelo del cuarto de baño, y voces de mujeres indignadas, y por encima de la confusión un largo y entrecortado gemido de dolor. El señor McKee se despertó de su letargo y se dirigió aturdido hacia la puerta. Cuando hubo recorrido la mitad del camino, se dio la vuelta y contempló la escena: su esposa y Catherine regañando y consolando mientras tropezaban aquí y allá entre los muebles amontonados con artículos para emergencia, y la figura desesperada en el sofá, sangrando con fluidez, y tratando de extender un ejemplar de

Town Tattle sobre las escenas del tapiz de Versalles. Entonces el señor McKee se dio la vuelta y se encaminó nuevamente hacia la puerta. Tomando mi sombrero del candelabro, lo seguí.

«Ven a comer algún día», sugirió, mientras bajábamos en el ascensor.

«¿Dónde?».

«A cualquier sitio».

«Quite las manos de la palanca», se quejó el ascensorista.

«Disculpe», dijo el señor McKee con dignidad, «no sabía que la estaba tocando».

«Está bien», acepté, «lo haré con gusto».

… Yo estaba de pie junto a su cama y él estaba sentado entre las sábanas, en calzoncillos, con una gran carpeta en las manos.

«La Bella y la Bestia… Soledad… El viejo caballo de la tienda de comestibles… El puente de Brook'n…».

Y luego yo estaba tumbado medio dormido en el frío piso inferior de Pennsylvania Station, mirando fijamente al «Tribune» de la mañana, y esperando el tren de las cuatro.

III

Había música en la casa de mi vecino durante las noches de verano. En sus jardines azules, hombres y mujeres iban y venían como polillas entre los murmullos, el champán y las estrellas. Por la tarde, con la marea alta, veía a sus invitados zambullirse desde el trampolín de su balsa, o tomar el sol en la arena caliente de su playa mientras sus dos lanchas motoras surcaban las aguas del Sound, remolcando hidroaviones sobre cataratas de espuma. Los fines de semana, su Rolls-Royce se convertía en un ómnibus que llevaba y traía a los grupos a la ciudad entre las nueve de la mañana y mucho después de la medianoche, mientras su camioneta correteaba como un veloz insecto amarillo al encuentro de todos los trenes. Y los lunes, ocho sirvientes, incluido un jardinero extra, trabajaban todo el día con fregonas y cepillos, martillos y tijeras de jardín, reparando los estragos de la noche anterior.

Todos los viernes llegaban cinco cajas de naranjas y limones de un frutero de New York, y todos los lunes esas mismas naranjas y limones salían de su puerta trasera en una pirámide de mitades sin pulpa. Había una máquina en la cocina que podía extraer el zumo de doscientas naranjas en media hora si se pulsaba un pequeño botón doscientas veces con el pulgar de un mayordomo.

Al menos una vez por quincena bajaba un cuerpo de camareros con varios cientos de metros de lona y suficientes luces de colores para hacer un árbol de Navidad del enorme jardín de Gatsby. En las mesas del buffet, adornadas con relucientes entremeses, se agolpaban los jamones horneados con especias frente a las ensaladas de diseños arlequinados y los cerdos y pavos de pastelería como encantados, en un dorado oscuro. En el salón principal se instaló un bar con una auténtica barandilla de bronce, abastecido con ginebras y licores y con cordiales tan olvidados que la mayoría de sus invitadas eran demasiado jóvenes para distinguir unos de otros.

A las siete en punto ha llegado la orquesta, que no es simplemente un quinteto, sino un montón de oboes, trombones, saxofones, violas, cornetas y flautas dulces, y tambores bajos y altos. Los últimos bañistas han llegado de la playa y se están vistiendo en el piso de arriba; los coches de New York están aparcados a cinco metros de profundidad en la entrada, y los salones y las terrazas ya están llenos de colores primarios, de cabellos ondulados de formas extrañas y de chales que ni siquiera se sueñan en Castilla. El bar está en pleno apogeo, y flotan las rondas de cócteles que impregnan el jardín exterior, hasta que el aire está vivo con charlas y risas, e insinuaciones casuales y presentaciones olvidadas en el acto, y encuentros entusiastas entre mujeres que nunca supieron sus nombres.

Las luces se hacen más brillantes a medida que la tierra se aleja del sol, y ahora la orquesta está tocando música de cóctel, y la ópera de voces alcanza un tono más alto. La risa es más fácil minuto a minuto, se derrama con prodigalidad, se vuelca en una palabra alegre. Los grupos cambian más rápidamente, se hinchan con nuevas llegadas, se disuelven y se forman en el mismo instante; ya hay vagabundos, chicas seguras de sí mismas que se entrelazan aquí y allá entre los más robustos y estables, se convierten por un momento en el centro de un grupo, y luego, excitadas por el triunfo, se deslizan a través del mar de rostros y voces y colores bajo la luz que cambia constantemente.

De repente, una de estas gitanas, con su vestido de ópalo, coge un cóctel al cuelo, lo bebe de un trago para armarse de valor y, moviendo las manos como Frisco, sale bailando sola a la plataforma de lona. Se hace un silencio momentáneo; el director de orquesta se ve obligado a cambiar el ritmo para ella, y hay un estallido de charla cuando se difunde la noticia errónea de que es la suplente de Gilda Gray de las Follies. La fiesta ha comenzado.

Creo que la primera noche que fui a la casa de Gatsby fui uno de los pocos huéspedes que realmente habían sido invitados. La gente no era invitada, sino que iba allí. Se subían a automóviles que los llevaban a Long Island y, de alguna manera, acababan en la puerta de Gatsby. Una vez allí eran presentados por alguien que conocía a Gatsby, y después se comportaban según las normas asociadas a un parque de atracciones. A veces iban y venían sin haber conocido a Gatsby en absoluto, llegaban a la fiesta con una sencillez de corazón que era su propio billete de entrada.

En realidad, me habían invitado. Un chófer con un uniforme de color azul huevo de petirrojo cruzó mi jardín aquel sábado por la mañana, temprano, con una nota sorprendentemente formal de su empleador: el honor sería enteramente de Gatsby, decía, si yo asistía a su «pequeña fiesta» esa noche. Me había visto varias veces y había tenido la intención de visitarme mucho antes, pero una peculiar combinación de circunstancias lo había impedido; todo firmado por Jay Gatsby, con una caligrafía majestuosa.

Vestido con un traje de franela blanca, me dirigí a su jardín poco después de las siete, y deambulé bastante incómodo entre remolinos y remolinos de gente que no conocía, aunque por aquí y por allá había una cara que había visto en el tren. Enseguida me llamó la atención la cantidad de jóvenes ingleses que había por allí; todos bien vestidos, con aspecto un poco hambriento, y todos hablando en voz baja y con seriedad con estadounidenses sólidos y prósperos. Estaba seguro de que vendían algo: bonos o seguros o automóviles. Eran conscientes, por lo menos, del dinero fácil que había a su alrededor y estaban convencidos de que sería suyo a cambio de unas pocas palabras en el tono adecuado.

Nada más llegar intenté encontrar a mi anfitrión, pero las dos o tres personas a las que pregunté por su paradero me miraron con tal asombro y negaron con tanta vehemencia cualquier conocimiento de sus movimientos, que me escabullí en dirección a la tabla de cócteles, el único lugar del jardín en el que un hombre solo podía permanecer sin parecer inútil y solitario.

Estaba a punto de emborracharme de pura vergüenza cuando Jordan Baker salió de la casa y se paró a la cabecera de la escalinata de mármol, inclinándose un poco hacia atrás y mirando con despectivo interés hacia el jardín.

Bienvenido o no, me pareció mejor unirme a alguien antes de empezar a dirigir comentarios cordiales a los transeúntes.

«¡Hola!», rugí, avanzando hacia ella. Mi voz parecía anormalmente alta a través del jardín.

«Pensé que estarías aquí», respondió distraídamente cuando me acerqué. «Recordé que vivías al lado de...».

Me cogió la mano de forma impersonal, como una promesa de que se ocuparía de mí en un minuto, y prestó atención a dos chicas con vestidos amarillos idénticos, que se detuvieron al pie de la escalinata.

«¡Hola!», gritaron juntas. «Lo sentimos que no hayas ganado».

Eso fue en el torneo de golf. Había perdido en la final la semana anterior.

«No sabes quiénes somos», dijo una de las chicas de amarillo, «pero te conocimos aquí hace un mes».

«Se han teñido el pelo desde entonces», comentó Jordan, y yo me puse en marcha, pero las chicas se habían alejado despreocupadamente y su comentario quedó dirigido a la luna prematura, sacada, como la cena, sin duda, de la cesta de un proveedor. Con el esbelto brazo dorado de Jordan apoyado en el mío, bajamos los escalones y paseamos por el jardín. Una bandeja de cócteles flotó hacia nosotros a través del crepúsculo, y nos sentamos en una mesa con las dos chicas de amarillo y tres hombres, cada uno de los cuales se nos presentó como el señor Mmmm.

«¿Vienes a menudo a estas fiestas?», preguntó Jordan a la chica que estaba a su lado.

«La última a la que vine fue en la que te conocí», respondió la chica, con voz segura y alerta. Se volvió hacia su compañera: «¿Tú, lo mismo, no es así Lucille?».

También era así para Lucille.

«Me gusta venir», dijo Lucille. «Nunca me importa lo que hago, así que siempre me lo paso bien. La última vez que estuve aquí me rompí el vestido en una silla, y él me preguntó mi nombre y mi dirección; en una semana recibí un paquete de Croirier's con un vestido de noche nuevo».

«¿Lo guardaste?», preguntó Jordan.

«Claro que sí. Iba a ponérmelo esta noche, pero me quedaba demasiado grande en el busto y tenía que arreglarlo. Era azul gas con cuentas de color lavanda. Doscientos sesenta y cinco dólares».

«Hay algo curioso en un tipo que hace una cosa así», dijo la otra chica con entusiasmo. «No quiere tener problemas con nadie».

«¿Quién no quiere?», pregunté.

«Gatsby. Alguien me dijo...».

Las dos chicas y Jordan se inclinaron juntas confidencialmente.

«Alguien me dijo que creía que él había matado a alguien una vez».

Un estremecimiento nos invadió a todos. Los tres señores Mmmm se inclinaron hacia delante y escucharon con avidez.

«No creo que llegue a tanto como eso», argumentó Lucille con escepticismo; «es más bien que fue un espía alemán durante la guerra».

Uno de los hombres asintió en señal de confirmación.

«Me lo dijo un hombre que lo sabía todo, que creció con él en Alemania», aseguró positivamente.

«Oh, no», dijo la primera chica, «no puede ser eso, porque estuvo en el ejército americano durante la guerra». Cuando nuestra credulidad pasó de nuevo a ella, se inclinó hacia delante con entusiasmo. «Míralo a veces cuando cree que nadie lo está mirando. Apuesto a que mató a un hombre».

Entrecerró los ojos y se estremeció. Lucille se estremeció. Todos nos volvimos y miramos a nuestro alrededor en busca de Gatsby. Era testimonio de la especulación romántica que inspiraba el hecho de que hubiera susurros sobre él por parte de aquellos que habían encontrado poco acerca de lo que fuera necesario susurrar en este mundo.

La primera cena —iba a haber otra después de la medianoche— se estaba sirviendo ahora, y Jordan me invitó a unirme a su propio grupo, que estaba sentado alrededor de una mesa en el otro lado del jardín. Había tres matrimonios y el acompañante de Jordan, un estudiante obstinado y dado a las insinuaciones violentas, y que obviamente tenía la impresión de que tarde o temprano Jordan iba a cederle su persona en mayor o menor grado. En lugar de dispersarse, esta fiesta había conservado una digna homogeneidad, y había asumido para sí la función de representar a la estirada nobleza de la campiña: el East Egg condescendiendo con el West Egg y poniéndose cuidadosamente en guardia contra su espectroscópica alegría.

«Vamos», susurró Jordan, después de una media hora en cierto modo desaprovechada e insípida; «esto es demasiado bien educado para mí».

Nos levantamos, y ella explicó que íbamos a buscar al anfitrión: yo nunca lo había conocido, dijo, y eso me inquietaba. El estudiante asintió con un gesto cínico y melancólico.

El bar, donde miramos primero, estaba lleno, pero Gatsby no estaba allí. Ella no pudo encontrarlo desde lo alto de la escalera, y no estaba en la veranda tampoco. Por casualidad probamos una puerta de aspecto importante y entramos en una biblioteca gótica, con techos altos y paneles de roble inglés tallado, y probablemente transportada completa desde alguna ruina en el extranjero.

Un hombre corpulento de mediana edad, con enormes gafas de ojo de búho, estaba sentado algo borracho en el borde de una gran mesa, mirando con inestable concentración los estantes de libros. Cuando entramos, se giró excitado y examinó a Jordan de pies a cabeza.

«¿Qué les parece?», preguntó impetuosamente.

«¿Qué cosa?».

Hizo un gesto con la mano hacia las bibliotecas.

«Esto. De hecho, no hace falta que se molesten en averiguarlo. Lo he comprobado. Son reales».

«¿Los libros?».

Asintió con la cabeza.

«Absolutamente reales: tienen páginas y todo. Pensé que serían un buen cartón duradero. De hecho, son absolutamente reales. Páginas y... ¡Aquí! Déjenme mostrarles».

Dando por sentado nuestro escepticismo, se apresuró a ir a las estanterías y regresó con el primer volumen de las Conferencias de Stoddard.

«¡Miren!», gritó triunfante. «Es una pieza impresa de buena fe. Me ha engañado. Este tipo es un verdadero Belasco. Es un triunfo. ¡Qué minuciosidad! ¡Qué realismo! Sabía cuándo parar, también, no cortó las páginas. Pero, ¿qué quieren? ¿Qué esperan?».

Me arrebató el libro y lo volvió a colocar apresuradamente en su estante, murmurando que si se quitaba un ladrillo toda la biblioteca podía derrumbarse.

«¿Quién los ha traído?», preguntó. «¿O simplemente han venido? A mí me han traído. La mayoría de la gente ha sido traída».

Jordan le miró atenta y alegremente, sin responder.

«Me trajo una mujer llamada Roosevelt», continuó. «La señora Claud Roosevelt. ¿La conocen? La conocí anoche en algún lugar. Llevo una semana de borrachera y pensé que se me pasaría sentándome en una biblioteca».

«¿Fue así?».

«Un poco, creo. No puedo decirlo todavía. Sólo llevo una hora aquí. ¿Les he hablado de los libros? Son reales. Son...».

«Nos lo has dicho».

Le estrechamos la mano con gravedad y volvimos a salir al exterior.

Ahora se bailaba en la pista del jardín; los viejos empujando a las jóvenes hacia atrás en eternos círculos sin gracia, parejas de clase sujetándose tortuosamente, a la moda, y manteniéndose en las esquinas, y un gran número de chicas solteras bailando individualmente o aliviando por un momento a la orquesta reemplazando el banjo o la percusión. A medianoche la hilaridad había aumentado. Un célebre tenor había cantado en italiano, y una notoria contralto había cantado jazz, y entre los números la gente hacía «acrobacias» por todo el jardín, mientras alegres y vacuos estallidos de risa se elevaban hacia el cielo de verano. Un par de mellizas en el escenario, que resultaron ser las chicas de amarillo, hicieron un número sobre bebés disfrazados, y se sirvió champán en copas más grandes que lavafrutas. La luna había subido más alto, y flotando en el estrecho había un triángulo de escamas plateadas, temblando un poco al ritmo del goteo rígido y metálico de los banjos sobre el césped.

Yo seguía con Jordan Baker. Estábamos sentados en una mesa con un hombre de más o menos mi edad y una niña revoltosa, que a la menor provocación daba paso a una risa incontrolable. Ahora me estaba divirtiendo. Había tomado dos copas de champán, y la escena se había transformado ante mis ojos en algo significativo, elemental y profundo.

En una pausa en el entretenimiento, el hombre me miró y sonrió.

«Tu cara me resulta familiar», dijo amablemente. «¿No estuviste en la Primera División durante la guerra?»

«Pues sí. Estuve en el Vigésimo Octavo de Infantería».

«Estuve en la Decimosexta hasta junio de mil novecientos dieciocho. Sabía que te había visto antes en algún lugar».

Hablamos un momento de algunos pueblecitos húmedos y grises de Francia. Evidentemente, vivía en esta zona, porque me dijo que acababa de comprar un hidroavión y que iba a probarlo por la mañana.

«¿Quieres venir conmigo, viejo amigo? Sólo por la orilla, a lo largo del Sound».

«¿A qué hora?».

«A la hora que más te convenga».

Tenía en la punta de la lengua preguntarle su nombre cuando Jordan miró a su alrededor y sonrió.

«¿Lo estás pasando bien ahora?», preguntó.

«Mucho mejor». Me volví una vez más hacia mi nuevo conocido. «Esta es una fiesta inusual para mí. Ni siquiera he visto al anfitrión. Vivo allí...». Hice un gesto con la mano hacia el seto invisible en la distancia, «...y este hombre, Gatsby, envió a su chófer con una invitación».

Por un momento me miró como si no entendiera.

«Yo soy Gatsby», dijo de repente.

«¡Qué!», exclamé. «¡Oh! Te ruego que me perdones».

«Pensé que lo sabías, viejo amigo. Me temo que no soy un buen anfitrión».

Sonrió con comprensión, mucho más que con comprensión. Era una de esas raras sonrisas que tienen una cualidad de tranquilidad eterna, que puedes encontrar cuatro o cinco veces en la vida. Se enfrentó —o pareció enfrentarse— a todo el eterno mundo durante un instante, para luego concentrarse en ti con un prejuicio irresistible a tu favor. Te comprende en la medida en que quieres ser comprendido, cree en ti como te gustaría creer en ti mismo, y te asegura que tenía precisamente la impresión de ti que, en tu mejor momento, esperabas transmitir. Precisamente en ese momento se esfumó... y yo estaba mirando a un joven y elegante matón, un año o dos por encima de la treintena, cuya elaborada formalidad al hablar apenas rozaba lo absurdo. Un momento antes de que se presentara, tuve la fuerte impresión de que elegía sus palabras con cuidado.

Casi en el momento en que el señor Gatsby se identificó, un mayordomo se apresuró a acercarse a él con la información de que Chicago le estaba llamando por teléfono. Se excusó con una pequeña reverencia que incluyó a cada uno de nosotros por turno.

«Si quieres algo sólo pídelo, viejo amigo», me instó. «Discúlpame. Me reuniré contigo más tarde».

Cuando se marchó, me dirigí inmediatamente a Jordan para compartir mi sorpresa. Había esperado que el señor Gatsby fuera una persona rubicunda y corpulenta de mediana edad.

«¿Quién es?». Pregunté. «¿Lo sabes?».

«Sólo es un hombre llamado Gatsby».

«¿De dónde es, quiero decir? ¿Y a qué se dedica?».

«Ahora tú también te interesas en eso», contestó con una sonrisa desganada. «Bueno, me dijo una vez que había ido a Oxford».

Un tenue fondo comenzó a tomar forma detrás de él, pero ante su siguiente comentario se desvaneció.

«Sin embargo, no lo creo».

«¿Por qué no?».

«No lo sé», insistió ella, «sólo creo que él no estudió allí».

Algo en su tono me recordó el «creo que mató a un hombre» de la otra chica, y tuvo el efecto de estimular mi curiosidad. Habría aceptado sin rechistar la información de que Gatsby procedía de los pantanos de Louisiana o del Lower East Side de New York. Eso era comprensible. Pero los jóvenes no —al menos, en mi inexperiencia provinciana, creía que no lo hacían— salían fríamente de la nada y compraban un palacio en el Sound en Long Island.

«De todos modos, da grandes fiestas», dijo Jordan, cambiando de tema con un disgusto urbano por lo concreto. «Y a mí me gustan las fiestas grandes. Son tan íntimas. En las fiestas pequeñas no hay intimidad».

Se oyó el estruendo de un bombo, y la voz del director de la orquesta sonó de repente por encima de la ecolalia del jardín.

«Damas y caballeros», gritó. «A petición del señor Gatsby vamos a tocar para ustedes la última obra del señor Vladmir Tostoff, que tanto llamó la atención en el Carnegie Hall el pasado mes de mayo. Si leen los periódicos sabrán que causó una gran sensación». Sonrió con jovial condescendencia y añadió: «¡Qué sensación!». Con lo que todo el mundo rió.

«La obra es conocida», concluyó con vehemencia, «como "¡La Historia Mundial del Jazz de Vladmir Tostoff!"».

La naturaleza de la composición del señor Tostoff me escapaba, porque justo cuando empezó mis ojos se posaron en Gatsby, de pie, solo en la escalinata de mármol y paseando su mirada de un grupo a otro con ojos de aprobación. Su piel bronceada dibujaba atractivamente su rostro y su pelo corto parecía ser recortado todos los días. No veía nada siniestro en él. Me pregunté si el hecho de que no bebiera ayudaba a desmarcarse de sus invitados, pues me pareció que se volvía más correcto a medida que aumentaba la hilaridad fraterna. Cuando terminó la «Historia Mundial del Jazz», las muchachas apoyaban sus cabezas sobre los hombros de los hombres de una manera cachonda y convivial, las muchachas se tiraban hacia atrás, juguetonamente, hacia los brazos de los hombres, incluso en grupos, sabiendo que alguien detendría sus caídas; pero nadie se tiró hacia atrás sobre Gatsby, y ningún corte de pelo a la francesa tocó el hombro de Gatsby, y no se formaron cuartetos de canto incluyendo a Gatsby como cantante.

«Le ruego me disculpe».

El mayordomo de Gatsby estaba repentinamente a nuestro lado.

«¿Señorita Baker?», preguntó. «Le ruego me disculpe, pero el señor Gatsby quiere hablar con usted a solas».

«¿Conmigo?», exclamó ella sorprendida.

«Sí, madame».

Se puso de pie lentamente, levantando las cejas hacia mí con asombro, y siguió al mayordomo hacia la casa. Me di cuenta de que llevaba su vestido de noche, todos sus vestidos, como si fuera ropa deportiva; había una alegría en sus movimientos, como si hubiera aprendido a caminar en campos de golf durante mañanas limpias y frescas.

Yo estaba solo y eran casi las dos. Desde hacía algún tiempo se oían sonidos confusos e intrigantes procedentes de una habitación larga y con muchas ventanas que daba a la terraza. Eludiendo al universitario de Jordan, que ahora estaba enfrascado en una conversación sobre obstetricia con dos coristas, y que me imploraba que me uniera a él, entré en ella.

La gran sala estaba llena de gente. Una de las chicas de amarillo estaba tocando el piano, y a su lado se encontraba una joven alta y pelirroja perteneciente a una compañía de coristas, ensimismada en una canción. Había bebido una buena cantidad de champán, y en el transcurso de su canción había decidido, con ineptitud, que todo era muy, muy triste; no sólo cantaba, sino que también lloraba. Cada vez que había una pausa en la canción, la llenaba con sollozos entrecortados y jadeantes, y luego retomaba la letra con un soprano tembloroso. Las lágrimas corrían por sus mejillas, pero no libremente, ya que al entrar en contacto con sus pestañas, que estaban muy maquilladas, adquirían un color oscuro y seguían el resto de su camino en lentos riachuelos negros. Alguien sugirió con humor que cantara las notas en su cara, tras lo cual ella levantó las manos, se hundió en una silla y se sumió en un profundo sueño etílico.

«Se ha peleado con un hombre que dice ser su marido», me explicó una chica a que estaba codo a codo conmigo.

Miré a mi alrededor. La mayoría de las mujeres que quedaban se estaban peleando con hombres que decían ser sus maridos. Incluso el grupo de Jordan, el cuarteto de East Egg, estaba dividido por disensiones. Uno de los hombres hablaba con curiosa intensidad con una joven actriz, y su mujer, después de intentar reírse de la situación de forma digna e indiferente, se rindió por completo y decidió atacar por los flancos; a intervalos aparecía de repente a su lado como un diamante enfadado, y siseaba: «¡Lo prometiste!» en su oído.

La reticencia a volver a casa no se limitaba a los hombres rebeldes. La sala estaba ocupada en ese momento por dos hombres deplorablemente sobrios y sus esposas muy indignadas. Las esposas se compadecían entre sí con voces ligeramente elevadas.

«Cada vez que ve que la estoy pasando bien, quiere irse a casa».

«Nunca escuché algo tan egoísta en mi vida».

«Siempre somos los primeros en irnos».

«Nosotros también».

«Bueno, casi somos los últimos esta noche», dijo uno de los hombres tímidamente. «La orquesta se fue hace media hora».

A pesar de que las esposas estaban de acuerdo en que tal malevolencia iba más allá de lo creíble, la disputa terminó en un breve forcejeo, y ambas esposas fueron levantadas, a patadas, hacia la noche.

Mientras esperaba mi sombrero en el vestíbulo, la puerta de la biblioteca se abrió y Jordan Baker y Gatsby salieron juntos. Él le estaba dirigiendo unas últimas palabras, pero el afán de sus maneras se convirtió bruscamente en formalidad cuando varias personas se acercaron a él para despedirse.

El grupo de Jordan la llamaba con impaciencia desde el porche, pero ella se detuvo un momento para estrechar mi mano.

«Acabo de escuchar la cosa más increíble», susurró. «¿Cuánto tiempo estuvimos allí dentro?».

«¿Qué es? Alrededor de una hora».

«Fue... simplemente increíble», repitió abstraída. «Pero juré que no lo contaría y aquí estoy tentándote». Bostezó graciosamente en mi cara. «Por favor, ven a verme... En la guía telefónica... a nombre de la señora Sigourney Howard... mi tía...». Se apresuró a salir mientras hablaba; su mano marrón agitó un alegre saludo mientras se fundía con su grupo en la puerta.

Bastante avergonzado de que en mi primera aparición me hubiera quedado hasta tan tarde, me uní a los últimos invitados de Gatsby, que se agrupaban a su alrededor. Quería explicarle que lo había buscado a primera hora de la tarde y disculparme por no haberle reconocido en el jardín.

«Ni lo menciones», me ordenó con entusiasmo. «No pienses más en eso, viejo amigo». La expresión familiar no tenía más familiaridad que la mano que me rozaba tranquilamente el hombro. «Y no olvides que nos subimos al hidroavión mañana por la mañana, a las nueve».

Luego el mayordomo, detrás de su hombro:

«Filadelfia lo quiere al teléfono, señor».

«Muy bien, en un minuto. Dígales que iré enseguida... Buenas noches».

«Buenas noches».

«Buenas noches». Sonrió, y de repente pareció tener un significado agradable el que yo haya estado entre los últimos en irse, como si él lo hubiera deseado todo el tiempo. «Buenas noches, viejo amigo... Buenas noches».

Pero al bajar los escalones vi que la noche no había terminado completamente. A quince metros de la puerta, una docena de faros iluminaban una escena extraña y tumultuosa. En la zanja junto a la carretera, con el lado derecho hacia arriba, pero violentamente despojado de una rueda, descansaba un cupé nuevo que se había salido del camino de Gatsby hacía menos de dos minutos. El fuerte saliente de un muro explicaba el desprendimiento de la rueda, que ahora recibía una atención considerable por parte de media docena de chóferes curiosos. Sin embargo, como habían dejado sus coches bloqueando la carretera, hacía tiempo que se oía un estruendo áspero y discordante procedente de los que estaban más atrás, lo que se sumaba a la ya violenta confusión de la escena.

Un hombre vestido con un guardapolvo largo se había apeado de entre los restos del automóvil y ahora estaba de pie en medio de la carretera, mirando del coche al neumático y del neumático a los observadores de forma afable y desconcertada.

«¡Ven!», explicó. «Se fue a la cuneta».

El hecho le resultaba infinitamente asombroso, y reconocí primero la inusual cualidad del asombro, y luego al hombre: era el usuario de la biblioteca de Gatsby.

«¿Cómo ocurrió?».

Se encogió de hombros.

«No sé nada de mecánica», dijo con decisión.

«Pero, ¿cómo ocurrió? ¿Te estrellaste contra la pared?».

«No me preguntes a mí», dijo Ojos de Búho, lavándose las manos. «Sé muy poco sobre conducción de automóviles, casi nada. Sucedió, y eso es todo lo que sé».

«Bueno, si eres un mal conductor no deberías intentar conducir de noche».

«Pero ni siquiera lo intentaba», explicó indignado, «ni siquiera lo intentaba».

Un silencio de asombro cayó sobre los transeúntes.

«¿Quieres suicidarte?».

«¡Tienes suerte de que sólo haya sido una rueda! Un mal conductor y ni siquiera lo intenta».

«No lo entienden», explicó el criminal. «Yo no estaba conduciendo. Hay otra persona en el coche».

La conmoción que siguió a esta declaración se expresó en un «¡Ah-h-h!» que se sostenía cuando la puerta del cupé se abrió lentamente. La multitud —ahora era una multitud— retrocedió involuntariamente, y cuando la puerta se abrió de par en par hubo una pausa fantasmagórica. Luego, muy gradualmente, parte por parte, un individuo pálido y con poco equilibrio salió de entre los restos, tanteando el suelo con un voluminoso e incierto zapato de baile.

Cegado por el resplandor de los faros y confundido por el incesante gemido de los cláxones, el aparecido se quedó tambaleándose un momento antes de percibir al hombre con el guardapolvo.

«¿Qué pasa?», preguntó con calma. «¿Nos hemos quedado sin gasolina?».

«¡Mira!».

Media docena de dedos apuntaron a la rueda amputada; la miró por un momento, y luego miró hacia arriba como si sospechara que había caído del cielo.

«Se desprendió», explicó alguien.

Asintió con la cabeza.

«Al principio no me di cuenta de que habíamos parado».

Una pausa. Luego, tomando aliento y enderezando los hombros, comentó con voz decidida:

«¿Me pregunto si alguien puede decirme dónde hay una gasolinera?».

Al menos una docena de hombres, algunos de ellos poco mejor que él, le explicaron que la rueda y el coche ya no estaban unidos por ningún vínculo físico.

«Retrocede», sugirió después de un momento. «Pon marcha atrás».

«¡Pero la rueda ya no está!».

Dudó.

«No hay nada malo en intentarlo», dijo.

El ulular de las bocinas había alcanzado un crescendo y me aparté y tomé un atajo por el césped en dirección a mi casa. Miré hacia atrás una vez. Una oblea de luna brillaba sobre la casa de Gatsby, lo que hacía la noche tan fina como antes y, sobreviviendo a las risas y al sonido de su jardín, aún resplandeciente. Un súbito vacío parecía fluir ahora desde las ventanas y las grandes puertas, dotando de un completo aislamiento a la figura del anfitrión, que estaba de pie en el porche, con la mano levantada en un gesto formal de despedida.

Leyendo lo que he escrito hasta ahora, veo que he dado la impresión de que los acontecimientos correspondientes a tres noches con varias semanas de diferencia fueron todo lo que me absorbió durante ese tiempo. Por el contrario, fueron meros acontecimientos casuales en un verano atestado de gente, y, hasta mucho después, me absorbieron infinitamente menos que mis asuntos personales.

La mayor parte del tiempo trabajé. Por la mañana temprano, el sol proyectaba mi sombra hacia el oeste mientras me apresuraba por los blancos abismos de la parte baja de New York hacia el Probity Trust. Ya conocía a los otros oficinistas y a los jóvenes vendedores de bonos por su nombre de pila, y almorzaba con ellos, en restaurantes oscuros y abarrotados, a base de salchichas de cerdo y puré de patatas y café. Incluso tuve un breve romance con una chica que vivía en Jersey City y trabajaba en el departamento de contabilidad, pero su hermano empezó a lanzarme miradas maliciosas, así que cuando se fue de vacaciones en julio dejé que el asunto se esfumara en silencio.

Normalmente cenaba en el Yale Club —por alguna razón era el acontecimiento más sombrío de mi día— y luego subía a la biblioteca y estudiaba inversiones y valores concienzudamente durante una hora. Generalmente había algunos alborotadores alrededor, pero nunca entraban en la biblioteca, así que era un buen lugar para trabajar. Después, si la noche era apacible, paseaba por Madison Avenue, pasando por el viejo hotel Murray Hill, y por la calle Treinta y tres hasta Pennsylvania Station.

Empezó a gustarme New York, la sensación de aventura de la noche, y la satisfacción que el parpadeo constante de hombres y mujeres y máquinas da al ojo inquieto. Me gustaba subir por la Quinta Avenida y elegir a mujeres románticas entre la multitud e imaginar que en unos minutos iba a entrar en sus vidas, y que nadie lo sabría ni lo desaprobaría. A veces, en mi mente, las seguía hasta sus apartamentos en las esquinas de las calles ocultas, y ellas se volvían y me sonreían antes de desvanecerse a través de una puerta en la cálida oscuridad. En el encantador crepúsculo metropolitano sentía a veces una inquietante soledad, y la sentía en otros —pobres jóvenes oficinistas que merodeaban frente a las ventanas esperando hasta que llegara la hora de cenar en un solitario restaurante—, jóvenes oficinistas en el crepúsculo, desperdiciando los momentos más conmovedores de la noche y de la vida.

De nuevo, a las ocho, cuando las oscuras callejuelas de los Cuarenta se llenaron de taxis palpitantes con destino al distrito de los teatros, sentí que se me hundía el corazón. En los taxis, las personas se inclinaban unas sobre otras mientras esperaban, y las voces cantaban, y había risas de chistes no escuchados, y los cigarrillos encendidos hacían círculos ininteligibles en el interior. Imaginando que yo también me apresuraba hacia la alegría y compartía su íntima excitación; yo les deseaba lo mejor.

Durante un tiempo perdí de vista a Jordan Baker, y luego, en pleno verano, volví a encontrarla. Al principio me sentí halagado yendo a sitios con ella, porque era una campeona de golf y todo el mundo conocía su nombre. Luego pasó algo más. En realidad no estaba enamorado, pero sentía una especie de tierna curiosidad. El rostro aburrido y altivo que ponía ante el mundo ocultaba algo —la mayoría de las afectaciones ocultan algo con el tiempo, aunque no lo hagan al principio— y un día descubrí lo que era. Cuando estuvimos juntos en una fiesta en Warwick, ella dejó un coche prestado bajo la lluvia con la capota abierta, y luego mintió sobre ello, y de repente recordé la historia sobre ella que se me había escapado aquella noche en casa de Daisy. En su primer gran torneo de golf hubo un altercado que estuvo a punto de llegar a los periódicos: una sugerencia de que ella había movido la pelota fuera de una mala posición en la ronda de semifinales. El asunto casi tomó las proporciones de un escándalo, pero luego se apagó. Un caddie se retractó de su declaración, y el único otro testigo admitió que podía haberse equivocado. El incidente y el nombre habían permanecido juntos en mi mente.

Jordan Baker evitaba instintivamente a los hombres inteligentes y astutos, y ahora veía que esto se debía a que se sentía más segura en un plano en el que cualquier divergencia de un código se consideraba imposible. Era incurablemente deshonesta. No era capaz de soportar estar en desventaja y, dada esta falta de voluntad, supongo que había empezado a traficar con subterfugios cuando era muy joven para mantener esa sonrisa fría e insolente dirigida al mundo y, sin embargo, satisfacer las exigencias de su cuerpo duro y jovial.

A mí me daba igual. La deshonestidad en una mujer es algo que nunca se reprocha profundamente. Fue en esa misma fiesta que tuvimos una curiosa conversación sobre cómo conducir un coche. Empezó porque ella pasó tan cerca de unos obreros que nuestro guardabarros rozó un botón del abrigo de uno de ellos.

«Eres una conductora pésima», protesté. «O tienes que ser más cuidadosa, o no deberías conducir».

«Soy cuidadosa».

«No, no lo eres».

«Bueno, otras personas lo son», dijo ella con ligereza.

«¿Qué tiene que ver eso?».

«Se mantendrán fuera de mi camino», insistió ella. «Hacen falta dos para que haya un accidente».

«Supón que te encuentras con alguien tan descuidado como tú».

«Espero que nunca lo haga», respondió ella. «Odio a la gente descuidada. Por eso me gustas».

Sus ojos grises y cansados por el sol miraban al frente, pero ella había cambiado deliberadamente nuestra relación, y por un momento pensé que la amaba. Pero yo soy de pensamiento lento y estoy lleno de reglas interiores que actúan como frenos a mis deseos, y sabía que primero tenía que salir definitivamente de esa maraña en casa. Seguía escribiendo cartas una vez por semana y firmándolas: «Con cariño, Nick», y sólo podía pensar en cómo, cuando cierta chica jugaba al tenis, le aparecía un tenue bigote de transpiración en el labio superior. Sin embargo, existía un vago compromiso que tenía que ser roto con tacto antes de que yo fuera libre.

Todo el mundo sospecha que tiene al menos una de las virtudes cardinales, y ésta es la mía: Soy una de las pocas personas honestas que he conocido.

IV

El domingo por la mañana, mientras las campanas de la iglesia sonaban en los pueblos de la costa, el mundo y su amante volvían a la casa de Gatsby y resplandecían alegremente sobre su césped.

«Es un contrabandista», dijeron las jóvenes, moviéndose entre sus cócteles y sus flores. «Una vez mató a un hombre que había descubierto que era sobrino de Von Hindenburg y primo segundo del diablo. Alcánzame una rosa, cariño, y sírveme una última gota en esa copa de cristal».

Una vez escribí en los espacios vacíos de un horario de trenes los nombres de los que vinieron a la casa de Gatsby ese verano. Ahora es un viejo horario, que se desintegra en sus pliegues, y que lleva por encabezamiento «Este horario entra en vigor el 5 de julio de 1922». Pero aún puedo leer los nombres en gris, y le darán una mejor impresión que mis generalidades de quienes aceptaron la hospitalidad de Gatsby y le rindieron el sutil homenaje de no saber nada de él.

De East Egg, entonces, vinieron los Chester Becker y los Leech, y un hombre llamado Bunsen, a quien conocí en Yale, y el doctor Webster Civet, que se ahogó el verano pasado en Maine. Y los Hornbeam y los Willie Voltaire, y todo un clan llamado Blackbuck, unos que siempre se reunían en un rincón y levantaban la nariz como cabras ante cualquiera que se acercara. Y los Ismay y los Chrystie (o más bien Hubert Auerbach y la esposa del señor Chrystie), y Edgar Beaver, cuyo pelo, dicen, se volvió blanco como el algodón una tarde de invierno sin razón alguna.

Clarence Endive era de East Egg, según recuerdo. Sólo vino una vez, en pantalones blancos, y se peleó con un vagabundo llamado Etty en el jardín. De más lejos de la isla vinieron los Cheadle y los O. R. P. Schraeder, y los Stonewall Jackson Abrams de Georgia, y los Fishguard y los Ripley Snell. Snell estuvo allí tres días antes de ir a la prisión, tan borracho en el camino de grava que el automóvil de la señora Ulysses Swett le atropelló la mano derecha. También vinieron los Dancie, y S. B. Whitebait, que tenía más de sesenta años, y Maurice A. Flink, y los Hammerhead, y Beluga, el importador de tabaco, y las chicas de Beluga.

De West Egg vinieron los Pole y los Mulready y Cecil Roebuck y Cecil Schoen y Gulick, el senador del Estado, y Newton Orchid, que controlaba Films Par Excellence, y Eckhaust y Clyde Cohen y Don S. Schwartz (hijo) y Arthur McCarty, todos relacionados con el cine de una manera u otra. Y los Catlip y los Bemberg y G. Earl Muldoon, hermano de ese tal Muldoon que despúes estranguló a su mujer. Da Fontano, el promotor, acudía allí, y Ed Legros y James B. («Matarratas») Ferret y los De Jongs y Ernest Lilly, que venían a apostar, y cuando Ferret se metía en el jardín significaba que no le habían dejado ni una pluma y que las acciones de Associated Traction darían ganancia al día siguiente.

Un hombre llamado Klipspringer estaba allí tan a menudo que llegó a ser conocido como «el huésped»; dudo que tuviera otra casa. Entre la gente del teatro estaban Gus Waize y Horace O'Donavan y Lester Myer y George Duckweed y Francis Bull. También venían de New York los Chrome y los Backhysson y los Dennicker y Russel Betty y los Corrigan y los Kelleher y los Dewar y los Scully y S. W. Belcher y los Smirke y los jóvenes Quinn, ya divorciados, y Henry L. Palmetto, que se suicidó tirándose frente a un subterráneo en Times Square.

Benny McClenahan llegaba siempre con cuatro chicas. Nunca eran exactamente las mismas en cuanto a persona física, pero eran tan idénticas unas a otras que inevitablemente parecía que habían estado allí antes. He olvidado sus nombres —Jaqueline, creo, o bien Consuela, o Gloria o Judy o June—, y sus apellidos eran o bien los melodiosos nombres de las flores y los meses o bien los más severos de los grandes capitalistas americanos de los que, si se les presionaba, se confesaban primas.

Además de todo esto, puedo recordar que Faustina O'Brien vino allí al menos una vez y las chicas Baedeker y el joven Brewer, al que le volaron la nariz en la guerra, y el señor Albrucksburger y la señorita Haag, su prometida, y Ardita Fitz-Peters y el señor P. Jewett, que fue director de la Legión Americana, y la señorita Claudia Hip, con un hombre que tenía fama de ser su chófer, y un príncipe de algún lugar, al que llamábamos Duque, y cuyo nombre, si alguna vez lo supe, he olvidado.

Toda esta gente vino a la casa de Gatsby en el verano.

A las nueve en punto, una mañana de finales de julio, el magnífico coche de Gatsby subió a tumbos por el rocoso camino hasta mi puerta y emitió una ráfaga melodiosa con su bocina de tres notas.

Era la primera vez que me visitaba, aunque había ido a dos de sus fiestas, montado en su hidroavión y, por su urgente invitación, había hecho uso frecuente de su playa.

«Buenos días, viejo amigo. Hoy vas a almorzar conmigo y pensé que podríamos ir juntos».

Se balanceaba sobre el parachoques de su coche con esa ingeniosidad de movimientos que es tan peculiarmente americana —que viene, supongo, de la ausencia de trabajo pesados en la juventud y, aún más, de la gracia sin forma de nuestros juegos, nerviosos y esporádicos. Esta cualidad irrumpía continuamente, como una inquietud, entre sus maneras puntillosas. Nunca estaba del todo quieto; siempre había un pie que golpeaba en alguna parte o el abrir y cerrar, impaciente, de una mano.

Me vio mirando con admiración su coche.

«Es bonito, ¿verdad, viejo amigo?». Se bajó de un salto para darme una mejor vista. «¿No lo habías visto antes?».

Sí que lo había visto. Todo el mundo lo había visto. Era de un rico color crema, brillante de níquel, hinchado aquí y allá en su monstruosa longitud con triunfantes compartimentos para sombreros y provisiones y cajas de herramientas, y adosado con un laberinto de parabrisas que reflejaban una docena de soles. Sentados detrás de muchas capas de cristal en una especie de conservatorio de cuero verde, nos encaminamos hacia la ciudad.

Había hablado con él quizás media docena de veces en el último mes y descubrí, para mi decepción, que él tenía poco que decir. Así que mi primera impresión, de que era una persona interesante de manera indefinida, se había desvanecido gradualmente y él se había convertido simplemente en el propietario de una elaborada hostería en la carretera situada al lado de mi casa.

Y entonces llegó este desconcertante paseo. No habíamos llegado al pueblo de West Egg cuando Gatsby empezó a dejar sus elegantes frases sin terminar y a darse palmadas indecisas en la rodilla de su traje color caramelo.

«Mira, viejo amigo», me dijo sorprendentemente, «¿cuál es tu opinión sobre mí, después de todo?».

Un poco abrumado, comencé las evasivas generalizadas que esa pregunta merece.

«Bueno, voy a contarte algo sobre mi vida», me interrumpió. «No quiero que te hagas una idea equivocada de mí basado en todas esas historias que escuchas».

Así que era consciente de las extrañas acusaciones que aderezaban la conversación en sus pasillos.

«Te diré, lo juro por Dios, la verdad». Su mano derecha ordenó repentinamente que la retribución divina se mantuviera a la espera. «Soy el hijo de alguna gente rica en el Medio Oeste — todos muertos ahora. Me he criado en América pero me he educado en Oxford, porque todos mis antepasados se han educado allí durante muchos años. Es una tradición familiar».

Me miró de reojo y supe por qué Jordan Baker había creído que él mentía. Apuró la frase «educado en Oxford», o se la tragó, o se atragantó con ella, como si ya le hubiera molestado antes. Y con esta duda, toda su declaración se desmoronó, y me pregunté si no habría algo un poco siniestro en él, después de todo.

«¿Qué parte del Medio Oeste?», pregunté como por casualidad.

«San Francisco».

«Ya veo».

«Toda mi familia murió y yo me hice con una buena cantidad de dinero».

Su voz era solemne, como si el recuerdo de aquella súbita extinción de un clan aún le persiguiera. Por un momento sospeché que me estaba tomando el pelo, pero una mirada suya me convenció de lo contrario.

«Después viví como un joven rajá en todas las capitales de Europa —París, Venecia, Roma— coleccionando joyas, principalmente rubíes, cazando caza mayor, pintando un poco, cosas sólo para mí, y tratando de olvidar algo muy triste que me había sucedido hacía mucho tiempo».

Con un esfuerzo logré contener mi risa incrédula. Las frases mismas estaban tan desgastadas que no evocaban otra imagen que la de un «monigote» con turbante que perdía serrín por todos los poros mientras perseguía a un tigre por el Bois de Boulogne.

«Luego vino la guerra, viejo amigo. Fue un gran alivio, y me esforcé por morir, pero parecía que mi vida estaba encantada. Acepté un encargo como primer teniente cuando empezó. En el bosque de Argonne llevé a los restos de mi batallón de ametralladoras tan adelante que despejamos una media milla a cada lado donde la infantería no podía avanzar. Permanecimos allí dos días y dos noches, ciento treinta hombres con dieciséis escopetas Lewis, y cuando la infantería por fin llegó encontró las insignias de tres divisiones alemanas entre los montones de muertos. Me ascendieron a comandante, y todos los gobiernos aliados me dieron una condecoración, incluso Montenegro... el pequeño Montenegro en el Mar Adriático».

¡El pequeño Montenegro! Acentuó las palabras y asintió con su sonrisa. La sonrisa comprendía la agitada historia de Montenegro y simpatizaba con las valientes luchas del pueblo montenegrino. Apreciaba plenamente la cadena de circunstancias nacionales que habían suscitado este homenaje al pequeño y cálido corazón de Montenegro. Mi incredulidad se sumergía ahora en la fascinación; era como hojear apresuradamente una docena de revistas.

Metió la mano en el bolsillo y un trozo de metal, colgado de una cinta, cayó en mi palma.

«Este es una de Montenegro».

Para mi asombro, el objeto tenía un aspecto auténtico. «Orderi di Danilo», decía la leyenda circular, «Montenegro, Nicolas Rex».

«Dale la vuelta».

«Comandante Jay Gatsby», leí, «Por su valor extraordinario».

«Aquí hay otra cosa que siempre llevo. Un recuerdo de los días de Oxford. Fue tomada en Trinity Quad... la persona a mi izquierda es ahora el Conde de Doncaster».

Era una fotografía de media docena de jóvenes con chaqueta que holgazaneaban, en un arco a través del cual se veía una multitud de chapiteles. Allí estaba Gatsby, con un aspecto un poco, no mucho, más joven, con un bate de cricket en la mano.

Entonces todo era verdad. Vi las pieles de los tigres brillando en su palacio del Gran Canal; le vi abrir un cofre de rubíes para aliviar, con sus profundidades iluminadas de carmesí, los desgarros de su corazón roto.

«Hoy voy a pedirte un gran favor», dijo, embolsando sus recuerdos con satisfacción, «así que pensé que debías saber algo sobre mí. No quería que pensaras que soy un don nadie. Verás, suelo encontrarme entre desconocidos porque voy de aquí para allá tratando de olvidar las cosas tristes que me han sucedido». Dudó. «Te enterarás esta tarde».

«¿Durante el almuerzo?».

«No, esta tarde. Por casualidad me he enterado de que vas a invitar a la señorita Baker a tomar el té».

«¿Quieres decir que estás enamorado de la señorita Baker?».

«No, viejo amigo, no lo estoy. Pero la señorita Baker ha consentido amablemente en hablar contigo sobre este asunto».

No tenía la menor idea de cuál era «este asunto», pero estaba más molesto que interesado. No había invitado a Jordan a tomar el té para hablar del señor Jay Gatsby. Estaba seguro de que la petición sería algo absolutamente fantástico, y por un momento lamenté haber pisado su césped superpoblado.

No dijo ni una palabra más. Su corrección fue creciendo a medida que nos acercábamos a la ciudad. Pasamos por Port Roosevelt, donde se vislumbraron los transatlánticos con cinturones rojos, y avanzamos a toda velocidad por una barriada empedrada, bordeada de oscuros salones descoloridos y dorados del mil novecientos. Luego, el valle de las cenizas se abrió a ambos lados de nosotros, y tuve la oportunidad de ver a la señora Wilson mientras pasábamos, ella se afanaba en la bomba del garaje con una vitalidad jadeante.

Con los guardabarros desplegados como alas, esparcimos luz por la mitad de Astoria... sólo la mitad, porque mientras zigzagueábamos entre los pilares del tren elevado, oí el familiar ruido de una motocicleta, y un frenético policía se puso a nuestro lado.

«Muy bien, viejo amigo», dijo Gatsby. Redujimos la velocidad. Sacando una tarjeta blanca de su cartera, la agitó ante los ojos del policía.

«Todo bien», aceptó el policía, inclinando su gorra. «Lo reconoceré la próxima vez, señor Gatsby. Discúlpeme».

«¿Qué fue eso?», pregunté. «¿La foto de Oxford?».

«Una vez pude hacerle un favor al comisario, que me envía una tarjeta de Navidad todos los años».

Sobre el gran puente, la luz del sol, a través de las vigas, parpadeaba constantemente sobre los coches en movimiento junto a la ciudad que se levanta al otro lado del río en montones blancos y terrones de azúcar, todo construido como si fuera un deseo cumplido, con dinero sin olor. La ciudad vista desde Queensboro Bridge es siempre la ciudad vista por primera vez, en su primera promesa salvaje de todo el misterio y la belleza del mundo.

Un hombre muerto pasó ante nosotros en un coche fúnebre cubierto de flores, seguido de dos carruajes con persianas bajadas, y de otros carruajes más alegres para los amigos. Los amigos nos miraban con los ojos trágicos y el labio superior corto del sureste de Europa, y me alegré de que la vista del espléndido coche de Gatsby se incluyera en sus sombrías vacaciones. Al cruzar Blackwell's Island nos pasó una limusina, conducida por un chófer blanco, en la que iban sentados tres negros modestos, dos gordos y una chica. Me reí en voz alta cuando las yemas de sus ojos rodaron hacia nosotros en altanera rivalidad.

«Cualquier cosa puede pasar ahora que hemos cruzado este puente», pensé; «cualquier cosa...».

Incluso Gatsby podría pasar, sin que eso maraville particularmente.

Mediodía glorioso. En un sótano de la calle Cuarenta y dos, bien ventilado, quedé con Gatsby para almorzar. Parpadeando para alejar la claridad de la calle de fuera, mis ojos lo distinguieron oscuramente en la antesala, hablando con otro hombre.

«Señor Carraway, éste es mi amigo el señor Wolfshiem».

Un judío pequeño y de nariz chata levantó su gran cabeza y me miró con dos matas de pelo que sobresalían en cada fosa nasal. Al cabo de un momento descubrí sus pequeños ojos en la penumbra.

«Así que le eché un vistazo», dijo el señor Wolfshiem, estrechando mi mano con seriedad, «¿y qué crees que hice?».

«¿Qué?», pregunté cortésmente.

Pero evidentemente no se dirigía a mí, porque dejó caer mi mano y apuntó a Gatsby con su expresiva nariz.

«Le entregué el dinero a Katspaugh y le dije: "Muy bien, Katspaugh, no le pagues ni un centavo hasta que cierre la boca". La cerró en ese momento».

Gatsby tomó un brazo de cada uno de nosotros y avanzó hacia el restaurante, donde el señor Wolfshiem se tragó una nueva frase que apenas comenzaba y cayó en una abstracción sonámbula.

«¿Whisky con soda?», preguntó el jefe de camareros.

«Este es un buen restaurante», dijo el señor Wolfshiem, mirando las ninfas presbiterianas en el techo. «¡Pero me gusta más el de enfrente!».

«Sí, whisky con soda», convino Gatsby, y luego al señor Wolfshiem: «Hace demasiado calor allí».

«Caliente y pequeño, sí», dijo el señor Wolfshiem, «pero lleno de recuerdos».

«¿Qué lugar es ese?», pregunté.

«El viejo Metropole».

«El viejo Metropole», meditó sombríamente el señor Wolfshiem. «Lleno de rostros muertos y desaparecidos. Lleno de amigos que se han ido para siempre. No podré olvidar, mientras viva, la noche en que dispararon a Rosy Rosenthal allí. Éramos seis en la mesa, y Rosy había comido y bebido mucho toda la noche. Cuando ya era casi de día, el camarero se acerca con una mirada extraña y dice que alguien quería hablar con él fuera. "Está bien", dice Rosy, y empieza a levantarse, y yo lo retengo en su silla».

«"Deja que los bastardos entren aquí si lo desean, Rosy, pero no salgas de esta habitación, por favor"».

«Eran las cuatro de la mañana entonces, y si hubiéramos levantado las persianas habríamos visto la luz del día».

«¿Y él salió?», pregunté inocentemente.

«Claro que salió». La nariz del señor Wolfshiem me miró con indignación. «Se dio la vuelta cerca de la puerta y dice: "¡Que ese camarero no me quite el café!". Luego salió a la acera, le dispararon tres veces en la barriga llena y se marcharon».

«Cuatro de ellos fueron electrocutados», dije, recordando.

«Cinco, con Becker». Sus fosas nasales se volvieron hacia mí de forma interesada. «Tengo entendido que estás buscando una connegción de negocios».

La yuxtaposición de estos dos comentarios me sorprendió. Gatsby respondió por mí:

«Oh, no», exclamó, «no es de él de quien hablaba».

«¿No?». El señor Wolfshiem parecía decepcionado.

«Éste es sólo un amigo. Te dije que hablaríamos de eso en otro momento».

«Te pido perdón», dijo el señor Wolfshiem, «me he equivocado de persona».

Llegó un suculento estofado, y el señor Wolfshiem, olvidando el ambiente más sentimental del viejo Metropole, comenzó a comer con feroz delicadeza. Sus ojos, mientras tanto, recorrían muy lentamente toda la sala; completaba el arco volviéndose para inspeccionar a las personas que estaban directamente detrás. Creo que, de no ser por mi presencia, habría echado una breve mirada por debajo de nuestra propia mesa.

«Mira, viejo amigo», dijo Gatsby, inclinándose hacia mí, «me temo que te he hecho enfadar un poco esta mañana en el coche».

Volvió a sonreír, pero esta vez me resistí a ella.

«No me gustan los misterios», respondí, «y no entiendo por qué no puedes ser franco conmigo y decirme lo que quieres. ¿Por qué todo tiene que pasar por la señorita Baker?».

«Oh, no es nada turbio», me aseguró. «La señorita Baker es una gran deportista, ya sabes, y nunca haría nada que no fuera correcto».

De repente miró su reloj, se levantó de un salto y salió a toda prisa de la habitación, dejándome con el señor Wolfshiem en la mesa.

«Tiene que llamar por teléfono», dijo el señor Wolfshiem, siguiéndole con la mirada. «Es un buen tipo, ¿verdad? Es guapo y un perfecto caballero».

«Sí».

«Es un hombre de Oggsford».

«¡Oh!».

«Fue a Oggsford College en Inglaterra. ¿Conoces Oggsford College?».

«He oído hablar de él».

«Es uno de los colleges más famosos del mundo».

«¿Conoces a Gatsby desde hace mucho tiempo?», pregunté.

«Ya hace varios años», respondió de forma gratificante. «Tuve el placer de conocerlo justo después de la guerra. Pero supe que había descubierto a un hombre de buena educación tan sólo hablando con él por una hora. Me dije: "Este es el tipo de hombre que te gustaría llevar a casa y presentar a tu madre y a tu hermana"». Hizo una pausa. «Veo que estás mirando mis gemelos».

No los había mirado, pero lo hice ahora. Estaban compuestos por piezas de marfil extrañamente familiares.

«Los mejores especímenes de molares humanos», me informó.

«¡Vaya!», los inspeccioné. «Es una idea muy interesante».

«Sí». Se cubrió las mangas con el abrigo. «Sí, Gatsby es muy cuidadoso con las mujeres. Nunca se atrevería a mirar a la mujer de un amigo».

Cuando el sujeto de esta confianza instintiva regresó a la mesa y se sentó, el señor Wolfshiem bebió su café de un solo sorbo y se puso en pie.

«He disfrutado de mi almuerzo», dijo, «y voy a huir de ustedes dos, jóvenes, antes de que se me considere un pesado».

«No te apresures, Meyer», dijo Gatsby, sin entusiasmo. El señor Wolfshiem levantó la mano en una especie de bendición.

«Eres muy educado, pero yo pertenezco a otra generación», anunció solemnemente. «Ustedes se sientan aquí y hablan de sus deportes y de sus señoritas y de sus...», suministró un sustantivo imaginario con otro movimiento de la mano. «En cuanto a mí, tengo cincuenta años y no voy a imponerme a ustedes por más tiempo».

Al estrechar la mano y darse la vuelta, su trágica nariz temblaba. Me pregunté si había dicho algo que lo ofendiera.

«A veces se pone muy sentimental», explicó Gatsby. «Este es uno de sus días sentimentales. Es todo un personaje en New York... un ciudadano de Broadway».

«¿Quién es, en todo caso, un actor?».

«No».

«¿Un dentista?».

«¿Meyer Wolfshiem? No, es un jugador». Gatsby dudó y luego añadió, con frialdad: «Es el hombre que arregló las Grandes Ligas de béisbol en 1919».

«¿Arregló las Grandes Ligas?», repetí yo.

La idea me dejó perplejo. Recordé, por supuesto, que las Grandes Ligas habían sido arregladas en 1919, pero si hubiera pensado en ello, lo habría hecho como algo que simplemente sucedió, el final de alguna cadena inevitable. Nunca se me ocurrió que un solo hombre pudiera empezar a jugar con la fe de cincuenta millones de personas... con la determinación de un ladrón que revienta una caja fuerte.

«¿Cómo se le ocurrió hacer eso?», pregunté después de un minuto.

«Simplemente vio la oportunidad».

«¿Por qué no está en la cárcel?».

«No pueden atraparlo, viejo amigo. Es un hombre inteligente».

Insistí en pagar la cuenta. Cuando el camarero me trajo el cambio, vi a Tom Buchanan al otro lado de la abarrotada sala.

«Acompáñame un momento», le dije; «tengo que saludar a alguien».

Cuando nos vio, Tom se levantó de un salto y dio media docena de pasos en nuestra dirección.

«¿Dónde has estado?», preguntó ansiosamente. «Daisy está furiosa porque no has llamado».

«Este es el señor Gatsby, el señor Buchanan».

Se estrecharon la mano brevemente, y en el rostro de Gatsby apareció una mirada tensa y desconocida de vergüenza.

«¿Cómo has estado, de todos modos?», me preguntó Tom. «¿Cómo se te ocurrió venir hasta aquí a comer?».

«Vine a comer con el señor Gatsby».

Me volví hacia el señor Gatsby, pero ya no estaba allí.

«Un día de octubre en mil novecientos diecisiete...»

(dijo Jordan Baker aquella tarde, sentada muy erguida en una silla recta en el jardín de té del Plaza Hotel).

«Caminaba de un lugar a otro, mitad por las aceras y mitad por el césped. Era mejor por el césped porque llevaba unos zapatos ingleses con tacos de goma en las suelas que mordían el suelo blando. Llevaba también una falda nueva a cuadros que se movía un poco con el viento, y siempre que esto ocurría, las banderas rojas, blancas y azules que había delante de todas las casas se estiraban rígidamente y decían tut-tut-tut-tut, con tono de desaprobación.

«El mayor de los estandartes y el mayor de los céspedes pertenecía a la casa de Daisy Fay. Tenía sólo dieciocho años, dos más que yo, y era, de lejos, la más popular de todas las jóvenes de Louisville. Vestía de blanco y tenía un pequeño Roadster descapotable blanco, y durante todo el día el teléfono sonaba en su casa y los excitados jóvenes oficiales de Camp Taylor imploraban por el privilegio de monopolizarla esa noche. "¡Aunque sea por una hora!"».

«Cuando llegué frente a su casa aquella mañana, su Roadster blanco estaba al lado del bordillo, y ella estaba sentada en él con un teniente que yo no había visto nunca. Estaban tan absortos el uno en el otro que ella no me vio hasta que estuve a metro y medio de distancia».

«"Hola, Jordan", llamó inesperadamente. "Por favor, ven aquí"».

«Me sentí halagada de que quisiera hablar conmigo, porque de todas las chicas mayores era la que más admiraba. Me preguntó si iba a ir a la Cruz Roja a empaquetar vendas. Así era. Entonces, ¿les diría que ella no podía ir ese día? El oficial miró a Daisy mientras ella hablaba, de una manera que toda joven quiere que la miren alguna vez, y como me pareció romántico he recordado el incidente desde entonces. Se llamaba Jay Gatsby, y no volví a poner los ojos en él durante más de cuatro años; incluso después de haberlo conocido nuevamente en Long Island no me di cuenta de que era el mismo hombre».

«Eso fue en mil novecientos diecisiete. Al año siguiente yo ya tenía algunos pretendientes y empecé a jugar en torneos, así que no veía a Daisy muy a menudo. Ella salía con un grupo algo mayor, cuando salía con alguien. Circulaban rumores descabellados sobre ella, como que su madre la había encontrado haciendo la maleta una noche de invierno para ir a New York a despedirse de un soldado que se iba al extranjero. Se lo impidieron, pero ella no se habló con su familia durante varias semanas. Después de eso, no volvió a relacionarse con los soldados, sino sólo con algunos jóvenes con pie plano y cortos de vista, que no habían logrado entrar al ejército.

«En el otoño siguiente ella ya estaba alegre nuevamente, más alegre que nunca. Debutó después del armisticio, y en febrero se comprometió, presumiblemente, con alguien de New Orleans. En junio se casó con Tom Buchanan de Chicago, con más pompa y circunstancia de la que Louisville había conocido hasta entonces. Él vino con cien personas en cuatro vagones privados, y alquiló toda una planta del Hotel Muhlbach, y el día antes de la boda le regaló un collar de perlas valorado en trescientos cincuenta mil dólares».

«Yo era una dama de honor. Entré en su habitación media hora antes de la cena nupcial y la encontré tumbada en su cama, tan encantadora como una noche de junio, con su vestido floreado, y tan borracha como un mono. Tenía una botella de Sauterne en una mano y una carta en la otra».

«"Felicítame", murmuró. "Nunca he bebido antes, pero ¡oh, cómo lo disfruto!"».

«"¿Qué pasa, Daisy?"».

«Me asusté, te lo aseguro; nunca había visto a una chica en ese estado».

«"Aquí está, querida". Rebuscó en una papelera que tenía sobre la cama y sacó el collar de perlas. "Llévalas abajo y devuélveselas a quien corresponda. Diles a todos que Daisy ha cambiado de opinión. Di: '¡Daisy ha cambiado de opinión!'"».

«Empezó a llorar, lloró y lloró. Salí corriendo a buscar a la criada de su madre, cerramos la puerta y la metimos en un baño frío. No quería soltar la carta. La metió en la bañera y la hizo una bola húmeda, y sólo me dejó dejarla en la jabonera cuando vio que se hacía pedazos como la nieve».

«Pero no dijo ni una palabra más. Le dimos espíritus de amoníaco y le pusimos hielo en la frente y la volvimos a poner el vestido, y media hora después, cuando salimos de la habitación, las perlas estaban alrededor de su cuello y el incidente había terminado. Al día siguiente, a las cinco, se casó con Tom Buchanan sin ni siquiera temblar, y emprendió un viaje de tres meses a los Mares del Sur».

«Los vi en Santa Barbara cuando volvieron, y pensé que nunca había visto a una chica tan loca por su marido. Si él salía de la habitación por un minuto, ella miraba a su alrededor con inquietud, y decía: "¿Dónde se ha metido Tom?", y ponía la expresión más abstraída hasta que lo veía entrar por la puerta. Ella solía sentarse sobre la arena con la cabeza de él en su regazo por horas, frotando sus dedos sobre sus ojos y mirándolo con insondable deleite. Era conmovedor verlos juntos; te hacía reír de una manera silenciosa y fascinada. Eso fue en agosto. Una semana después de dejar Santa Barbara, Tom chocó una noche con una furgoneta en la carretera de Ventura y se salió una rueda delantera de su coche. La chica que le acompañaba también salió en los periódicos porque se había roto el brazo; era una de las camareras del Hotel Santa Barbara».

«En abril del año siguiente, Daisy tuvo a su hija y se fueron a Francia durante un año. Los vi en la primavera en Cannes, y más tarde en Deauville, y luego volvieron a Chicago para establecerse. Daisy era muy popular en Chicago, como sabes. Salían con un grupo movedizo, todos ellos jóvenes y ricos y salvajes, pero ella salió de ello con una reputación absolutamente perfecta. Quizá porque no bebe. Es una gran ventaja no beber entre gente que bebe mucho. Puedes contener la lengua y, además, puedes planificar cualquier pequeña irregularidad tuya de modo que todos los demás, estando tan ciegos, ni la ven, ni les importa. Tal vez Daisy nunca se interesó por los amoríos, y sin embargo hay algo en su voz...».

«Bueno, hace unas seis semanas, ella escuchó el nombre de Gatsby por primera vez en años. Fue cuando te pregunté —¿te acuerdas?— si conocías a Gatsby en West Egg. Después de que te hubieras ido a casa, ella entró en mi habitación y me despertó, y dijo: "¿Qué Gatsby?", y cuando lo describí —yo estaba medio dormida— dijo con la voz más extraña que debía ser el hombre que ella conocía. No fue hasta entonces que relacioné a este Gatsby con el oficial en su coche blanco».

Cuando Jordan Baker terminó de contar todo esto, habíamos dejado el Plaza ya hacía media hora y estábamos paseando en una victoria por Central Park. El sol se había ocultado tras los altos apartamentos de las estrellas de cine de los años cincuenta, en la zona oeste, y las claras voces de los niños, ya reunidos como grillos en la hierba, se elevaban a través del caluroso crepúsculo:

«Soy el jeque de Arabia.
Tu amor me pertenece.
Por la noche, cuando estés dormida
En tu tienda me colaré...».

«Es una extraña coincidencia», dije.

«Pero no es una coincidencia, en absoluto».

«¿Cómo qué no?».

«Gatsby compró esa casa para que Daisy estuviera justo al otro lado de la bahía».

Entonces no habían sido sólo a las estrellas a las que él había suspirado en aquella noche de junio. Se me presentó vivo, liberado de repente del vientre de su esplendor sin propósito.

«Quiere saber», continuó Jordan, «si invitarías a Daisy a tu casa alguna tarde y luego le dejarás venir a él».

La modestia de la demanda me estremeció. Había esperado cinco años y había comprado una mansión en la que dispensaba la luz de las estrellas a las polillas ocasionales, para poder «venir» alguna tarde al jardín de un desconocido.

«¿Tenía que saber todo esto para que él pudiera pedir una cosa tan pequeña?».

«Él tiene miedo, ha esperado tanto tiempo. Pensó que podrías ofenderte. Ya ves, en el fondo es un tipo duro».

Algo me preocupó.

«¿Por qué no te pidió a ti que organizaras una reunión?».

«Él quiere que ella vea su casa», explicó. «Y tu casa está justo al lado».

«¡Oh!».

«Creo que él esperaba que ella estuviera en una de sus fiestas, alguna noche», continuó Jordan, «pero nunca lo hizo. Entonces empezó a preguntar a la gente si la conocían, y yo fui la primera que encontró. Fue esa noche cuando me mandó llamar, en su fiesta, y tendrías que haber oído la forma tan elaborada en que lo hizo. Por supuesto, inmediatamente sugerí un almuerzo en New York, y pensé que se iba a volver loco...».

«"¡No quiero hacer nada fuera de lo correcto!", repetía. "Quiero verla justo en la casa de al lado"».

«Cuando le dije que eras un amigo íntimo de Tom, empezó a

abandonar la idea. No sabe mucho sobre Tom, aunque dice que ha leído el periódico de Chicago durante años sólo por la posibilidad de vislumbrar el nombre de Daisy».

Ya era de noche, y mientras nos agachábamos bajo un pequeño puente, rodeé con mi brazo el hombro dorado de Jordan, la atraje hacia mí y la invité a cenar. De repente, ya no pensaba en Daisy y Gatsby, sino en esta persona limpia, dura y limitada, que comerciaba con el escepticismo universal, y que se inclinaba alegremente hacia atrás justo dentro del círculo de mi brazo. Una frase comenzó a latir en mis oídos con una especie de excitación embriagadora: «Sólo existen los perseguidos, los que persiguen, los ocupados y los cansados».

«Y Daisy debería tener algo en su vida», me murmuró Jordan.

«¿Ella quiere ver a Gatsby?».

«Ella no debe saberlo. Gatsby no quiere que lo sepa. Tienes que simplemente invitarla a tomar el té».

Pasamos una barrera de árboles oscuros, y luego la fachada de la calle Cincuenta y nueve —un bloque de delicada luz pálida— se asomó al parque. A diferencia de Gatsby y Tom Buchanan, yo no tenía ninguna chica cuyo rostro incorpóreo flotara a lo largo de las cornisas oscuras y los letreros cegadores, y por eso atraje a la chica a mi lado, estrechándola entre mis brazos. Su boca pálida y despreciativa sonrió, y entonces la acerqué de nuevo, esta vez a mi cara.

V

Cuando llegué a casa, a West Egg, aquella noche, temí por un momento que mi casa estuviera en llamas. Eran las dos y todo el rincón de la península ardía de luz, la que caía irrealmente sobre los arbustos y producía finos destellos alargados sobre los cables al borde de la carretera. Al doblar una esquina, vi que era la casa de Gatsby, iluminada desde la torre hasta el sótano.

Al principio pensé que se trataba de otra fiesta, de una festichola salvaje que se había convertido en un juego de «escondite» o de «sardinas en lata» con toda la casa dispuesta para el juego. Pero no se oía ni un ruido. Sólo el viento en los árboles, que movía los cables y hacía que las luces se apagaran y encendieran de nuevo como si la casa parpadeara en la oscuridad. Mientras mi taxi se alejaba, vi a Gatsby caminando hacia mí a través de su césped.

«Tu casa parece la Exposición Universal», dije.

«¿En serio?». Volvió los ojos hacia ella distraídamente. «He estado echando un vistazo a algunas de las habitaciones. Vamos a Coney Island, viejo amigo. En mi coche».

«Es demasiado tarde».

«Bueno, démonos un chapuzón en la piscina. No he hecho uso de ella en todo el verano».

«Tengo que ir a la cama».

«De acuerdo».

Esperó, mirándome con ansia reprimida.

«He hablado con la señorita Baker», dije después de un momento. «Voy a llamar a Daisy mañana y a invitarla a tomar el té».

«Oh, eso está bien», dijo despreocupadamente. «No quiero causarte ninguna molestia».

«¿Qué día te vendría bien?».

«¿Qué día te vendría bien a ti?», me corrigió rápidamente. «No quiero ponerte en problemas, ya ves».

«¿Qué tal pasado mañana?».

Lo pensó un momento. Luego, con reticencia: «Quiero que corten el césped», dijo.

Ambos miramos la hierba: había una línea nítida donde terminaba mi césped desgarrado y comenzaba la extensión más oscura y bien cuidada del suyo. Sospeché que se refería a mi césped.

«Hay otra cosita», dijo inseguro, y dudó.

«¿Prefieres dejarlo para dentro de unos días?», le pregunté.

«Oh, no se trata de eso. Al menos...». Tanteó con una serie de comienzos. «Por qué, pensé... por qué, mira aquí, viejo amigo, no ganas mucho dinero, ¿verdad?».

«No mucho».

Esto pareció tranquilizarlo y continuó con más confianza.

«Pensé que no, si me perdonas... verás, tengo un pequeño negocio aparte, una especie de proyecto accesorio, entiendes. Y pensé que si no ganabas mucho... Estás vendiendo bonos, ¿no es así, viejo amigo?».

«Lo intento».

«Bueno, esto te interesaría. No te quitaría mucho tiempo y podrías conseguir un buen dinero. Resulta que es un asunto bastante confidencial».

Ahora me doy cuenta de que, en otras circunstancias, esa conversación podría haber provocado una de las crisis de mi vida. Pero, como la oferta era obviamente y con poco tacto por un servicio a prestar, no tuve más remedio que cortarle en seco.

«Tengo las manos llenas», dije. «Te lo agradezco mucho, pero no puedo aceptar más trabajo».

«No tendrías que hacer ningún negocio con Wolfshiem». Evidentemente pensó que yo estaba rehuyendo la «connegción» mencionada en el almuerzo, pero le aseguré que estaba equivocado. Esperó un momento más, con la esperanza de que yo iniciara una conversación, pero yo estaba demasiado abstraído como para ser receptivo, así que se fue a casa de mala gana.

La noche me había aturdido y alegrado; creo que entré en un profundo sueño al pasar por la puerta de mi casa. Así que no sé si Gatsby fue o no a Coney Island, ni durante cuántas horas «echó un vistazo a las habitaciones» mientras su casa brillaba ardientemente. A la mañana siguiente llamé a Daisy desde la oficina y la invité a venir a tomar el té.

«No traigas a Tom», le advertí.

«¿Qué?».

«No traigas a Tom».

«¿Quién es "Tom"?», preguntó inocentemente.

El día acordado llovía a cántaros. A las once, un hombre con gabardina, arrastrando una cortadora de césped, llamó a la puerta de mi casa y dijo que el señor Gatsby le había enviado a cortar mi césped. Esto me recordó que había olvidado decirle a mi ayudante finlandesa que volviera, así que conduje hasta West Egg Village para buscarla entre las empapadas callejuelas blanqueadas y para comprar algunas tazas, limones y flores.

Las flores fueron innecesarias, pues a las dos llegó un vivero entero enviado por Gatsby, con innumerables recipientes para contenerlo. Una hora más tarde, la puerta principal se abrió nerviosamente y Gatsby, con un traje de franela blanco, camisa plateada y corbata dorada, entró a toda prisa. Estaba pálido y tenía graves signos de insomnio bajo los ojos.

«¿Está todo bien?», preguntó inmediatamente.

«El césped parece estar bien, si te refieres a eso».

«¿Qué césped?», preguntó sin comprender. «Oh, el césped del jardín». Miró por la ventana, pero, a juzgar por su expresión, no creo que haya visto nada.

«Tiene muy buen aspecto», comentó vagamente. «Uno de los periódicos dijo que creía que la lluvia cesaría hacia las cuatro. Creo que era The Journal. ¿Tienes todo lo que necesitas en forma de... de té?».

Lo llevé a la despensa, donde miró con un poco de reproche a la finlandesa. Juntos escudriñamos los doce pasteles de limón de la tienda de delicatessen.

«¿Servirán?», pregunté.

«¡Por supuesto, por supuesto! ¡Están bien!», y añadió con voz hueca, «... viejo amigo».

La lluvia se calmó hacia las tres y media hasta convertirse en una niebla húmeda, a través de la cual ocasionales gotas finas nadaban como el rocío. Gatsby miraba con ojos vacíos a través de un ejemplar de Economía de Clay, mirando a la amenaza finlandesa que hacía temblar el suelo de la cocina y asomándose de vez en cuando a las ventanas ennegrecidas, como si en el exterior se produjera una serie de sucesos invisibles pero alarmantes. Finalmente se levantó y me informó, con voz insegura, que se iba a casa.

«¿Por qué?»

«Nadie va a venir a tomar el té. Es demasiado tarde». Miró su reloj como si hubiera alguna demanda urgente de su tiempo en otro lugar. «No puedo esperar todo el día».

«No seas tonto; sólo faltan dos minutos para las cuatro».

Se sentó miserablemente, como si yo le hubiera empujado, y simultáneamente se oyó el sonido de un motor entrando en el camino de mi casa. Los dos nos levantamos de un salto y, un poco angustiado, salí al jardín.

Bajo los árboles de lilas desnudas, un gran coche descapotable se acercaba a la entrada. Se detuvo. La cara de Daisy, inclinada de lado bajo un sombrero lavanda de tres picos, me miró con una brillante sonrisa de éxtasis.

«¿Es absolutamente aquí donde vives, querido mío?».

La estimulante ondulación de su voz era un tónico salvaje en la lluvia. Tuve que seguir su sonido durante un momento, arriba y abajo, sólo con el oído, antes de que me llegara alguna palabra. Un mechón de pelo húmedo se extendía como una mancha de pintura azul sobre su mejilla, y su mano estaba mojada de gotas brillantes cuando la cogí para ayudarla a salir del coche.

«¿Estás enamorado de mí?», me dijo en voz baja al oído, «¿o sino por qué he tenido que venir sola?».

«Ese es el secreto de Castle Rackrent. Dile a tu chófer que se vaya lejos y que pase una hora».

«Vuelve en una hora, Ferdie». Luego, en un murmullo grave: «Se llama Ferdie».

«¿La gasolina le afecta a la nariz?».

«No lo creo», dijo inocentemente. «¿Por qué?».

Entramos. Para mi abrumadora sorpresa, el salón estaba desierto.

«Qué curioso», exclamé.

«¿Qué es lo curioso?».

Ella giró la cabeza cuando se oyeron unos ligeros y dignos golpes en la puerta principal. Salí y la abrí. Gatsby, pálido como la muerte, con las manos hundidas como pesas en los bolsillos de su abrigo, estaba de pie en un charco de agua mirándome trágicamente a los ojos.

Con las manos aún en los bolsillos del abrigo, pasó junto a mí por el vestíbulo, giró bruscamente como si estuviera balanceándose sobre un cable y desapareció hacia el salón. No me hizo ninguna gracia. Consciente de los fuertes latidos de mi propio corazón, cerré la puerta contra la creciente lluvia.

Durante medio minuto no se oyó nada. Luego, desde el salón, oí una especie de murmullo ahogado y parte de una carcajada, seguida de la voz de Daisy en un tono claro y artificial:

«Me alegro mucho de volver a verte».

Una pausa; duró horriblemente. No tenía nada que hacer en el vestíbulo, así que entré en la habitación.

Gatsby, con las manos aún en los bolsillos, estaba recostado contra la repisa de la chimenea en una esforzada falsificación de perfecta tranquilidad, incluso de aburrimiento. Su cabeza estaba tan inclinada hacia atrás que se apoyaba en la esfera de un difunto reloj de la chimenea, y desde esta posición sus ojos angustiados miraban a Daisy, que estaba sentada, asustada pero elegante, en el borde de una silla rígida.

«Ya nos conocíamos», murmuró Gatsby. Sus ojos me miraron momentáneamente y sus labios se separaron con un intento de risa frustrado. Por suerte, el reloj aprovechó este momento para inclinarse peligrosamente ante la presión de su cabeza, con lo cual él se volvió, lo cogió con dedos temblorosos y lo volvió a colocar en su sitio. Luego se sentó, rígido, con el codo apoyado en el brazo del sofá y la barbilla en la mano.

«Siento lo del reloj», dijo.

Mi propia cara había adquirido un profundo ardor tropical. No pude articular ni un solo lugar común de los miles que tengo en la cabeza.

«Es un reloj viejo», les dije de forma idiota.

Creo que todos pensamos por un momento que se había hecho añicos en el suelo.

«Hace muchos años que no nos vemos», dijo Daisy, con la voz más neutra posible.

«El próximo noviembre se cumplirán cinco años».

La calidad automática de la respuesta de Gatsby nos paralizó a todos al menos otro minuto. Los puse en pie con la desesperada sugerencia de que me ayudaran a preparar el té en la cocina cuando la endemoniada finlandesa lo trajo en una bandeja.

En medio de la bienvenida confusión de tazas y pasteles se estableció una cierta decencia física. Gatsby se retiró a un lugar más oscuro y, mientras Daisy y yo hablábamos, nos miraba concienzudamente al uno y al otro con ojos tensos y poco felices. Sin embargo, como la calma no era un fin en sí mismo, me excusé en el primer momento posible y me puse en pie.

«¿Adónde vas?», preguntó Gatsby alarmado de inmediato.

«Ya vuelvo».

«Tengo que hablarte de algo antes de que te vayas».

Me siguió salvajemente hasta la cocina, cerró la puerta y susurró: «¡Oh, Dios!» de forma miserable.

«¿Qué pasa?».

«Es un terrible error», dijo, moviendo la cabeza de un lado a otro, «un terrible, terrible error».

«Estás incómodo, eso es todo», y por suerte añadí: «Daisy también se siente incómoda».

«¿Ella se siente incómoda?», repitió incrédulo.

«Tanto como tú».

«No hables tan alto».

«Te estás comportando como un niño pequeño», dije con impaciencia. «No sólo eso, sino que eres un maleducado. Daisy está sentada allí sola».

Levantó la mano para detener mis palabras, me miró con inolvidable reproche y, abriendo la puerta con cautela, volvió a entrar en la otra habitación.

Salí por la parte de atrás —tal como lo había hecho Gatsby cuando había recorrido su nervioso circuito por la casa media hora antes— y corrí hacia un enorme árbol negro y nudoso, cuyas hojas frondosas formaban un tejido contra la lluvia. Una vez más llovía a cántaros, y mi irregular césped, bien afeitado por el jardinero de Gatsby, abundaba en pequeños pantanos fangosos y ciénagas prehistóricas. No había nada que mirar desde debajo del árbol, excepto la enorme casa de Gatsby, así que me quedé mirándola, como Kant al campanario de su iglesia, durante media hora. Un cervecero la había construido al principio de la moda de la «época», una década antes, y se contaba que había acordado pagar los impuestos de cinco años de todas las casas de campo vecinas si los propietarios hacían que sus tejados fueran de paja. Tal vez la negativa de éstos le quitó el ánimo a su plan de «Fundar una Familia», y entró en un declive inmediato. Sus hijos vendieron su casa con la corona negra aún en la puerta. Los americanos, aunque dispuestos, incluso deseosos, de ser siervos, siempre se han resistido a ser campesinos.

Al cabo de media hora, el sol volvió a brillar y el automóvil del tendero rodeó el camino de Gatsby con la materia prima para la cena de sus sirvientes; estaba seguro de que él no comería ni una cucharada. Una criada comenzó a abrir las ventanas superiores de su casa, apareció momentáneamente en cada una de ellas y, asomándose desde el gran vano central, escupió meditabunda hacia el jardín. Ya era hora de que volviera. Mientras duró, la lluvia se parecía al murmullo de sus voces, que se elevaba y crecía un poco, de vez en cuando, con ráfagas de emoción. Pero con el nuevo silencio sentí que el silencio también había caído dentro de la casa.

Entré —después de hacer todo el ruido posible en la cocina, menos empujar la cocina—, pero creo que no oyeron ni un sonido. Estaban sentados a ambos lados del sofá, mirándose como si se alguien hubiera hecho alguna pregunta, o la pregunta estuviera en el aire, y todo vestigio de incomodidad había desaparecido. La cara de Daisy estaba manchada de lágrimas, y cuando entré se levantó de un salto y empezó a limpiársela con el pañuelo ante un espejo. Pero se había producido un cambio en Gatsby que era sencillamente desconcertante. Literalmente brillaba; sin una palabra o un gesto de exultación, un nuevo bienestar irradiaba de él y llenaba la pequeña habitación.

«Oh, hola, viejo amigo», dijo, como si no me hubiera visto en años. Por un momento pensé que iba a darme la mano.

«Ha dejado de llover».

«¿Ha dejado de llover?». Cuando se dio cuenta de lo que estaba hablando, de que había destellos de sol en la habitación, sonrió como quien da el pronóstico del tiempo, como un patrón extático de la luz recurrente, y repitió la noticia a Daisy. «¿Qué te parece? Ha dejado de llover».

«Me alegro, Jay». Su garganta, llena de belleza doliente y afligida, sólo hablaba de su inesperada alegría.

«Quiero que tú y Daisy vengan a mi casa», dijo, «me gustaría enseñársela».

«¿Estás seguro de que quieres que vaya?».

«Absolutamente, viejo amigo».

Daisy subió a lavarse la cara —demasiado tarde pensé con humillación en mis toallas— mientras Gatsby y yo esperábamos en el césped.

«Mi casa tiene buen aspecto, ¿verdad?», preguntó. «Mira como toda la fachada capta la luz».

Estuve de acuerdo en que era espléndida.

«Sí». Sus ojos la recorrieron, cada puerta arqueada y cada torre cuadrada. «Me llevó sólo tres años ganar el dinero que la compró».

«Pensé que habías heredado tu dinero».

«Sí, viejo amigo», dijo automáticamente, «pero perdí la mayor parte en el gran pánico... el pánico de la guerra».

Creo que apenas sabía lo que decía, pues cuando le pregunté a qué se dedicaba respondió «eso es cosa mía», antes de darse cuenta de que no era una respuesta adecuada.

«Oh, me he ocupado de varias cosas», se corrigió. «Estuve en el negocio farmacéutico y luego en el del petróleo. Pero ahora no estoy en ninguno de ellos». Me miró con más atención. «¿Eso quiere decir que has estado pensando en lo que te propuse la otra noche?».

Antes de que pudiera responder, Daisy salió de la casa y dos hileras de botones de bronce de su vestido brillaron a la luz del sol.

«¿Esa casa enorme ahí?», gritó ella señalando.

«¿Te gusta?».

«Me encanta, pero no entiendo cómo puedes vivir allí solo».

«La tengo siempre lleno de gente interesante, de noche y de día. Gente que hace cosas interesantes. Gente famosa».

En lugar de tomar el atajo a lo largo del Sound, bajamos a la carretera y entramos por la gran entrada. Con encantadores murmullos, Daisy admiraba este aspecto o aquel de la silueta feudal contra el cielo, admiraba los jardines, el olor chispeante de los junquillos y el olor espumoso de las flores de espino y de ciruelo y el pálido olor a oro de la milamores. Era extraño llegar a los escalones de mármol y no encontrar ningún movimiento de vestidos brillantes dentro y fuera de la puerta, y no oír más sonido que las voces de los pájaros en los árboles.

Y en el interior, mientras deambulábamos por las salas de música *à la* Marie Antoinette y los salones estilo Restauración, sentí que había invitados escondidos detrás de cada sofá y cada mesa, con órdenes de guardar un silencio absoluto hasta que hubiéramos pasado. Cuando Gatsby cerró la puerta de la «Biblioteca del Merton College», juraría haber oído al hombre de los ojos de búho soltar una carcajada fantasmal.

Subimos las escaleras, a través de dormitorios de época tapizados en seda rosa y lavanda y llenos de flores frescas, a través de vestidores y salas de billar, y baños con bañeras empotradas, entrando en una habitación donde un hombre desaliñado en pijama estaba haciendo ejercicios para su hígado en el suelo. Era el señor Klipspringer, el «huésped». Lo había visto deambular angustiado por la playa aquella mañana. Finalmente llegamos al propio apartamento de Gatsby, un dormitorio y un baño, y un estudio al estilo de Adam, donde nos sentamos y bebimos un vaso de un poco de

Chartreuse que sacó de un armario en la pared.

Él no había dejado de mirar a Daisy ni una sola vez, y creo que revalorizaba todo lo que había en su casa según la medida de la respuesta que le producían sus ojos bien amados. A veces también miraba aturdido sus posesiones, como si en presencia de ella, material y asombrosa, nada fuera ya real. En una ocasión estuvo a punto de caerse por las escaleras.

Su dormitorio era la habitación más sencilla de todas... salvo que la cómoda contenía un juego de tocador mate en oro puro. Daisy cogió el cepillo con deleite y se alisó el pelo, tras lo cual Gatsby se sentó, se cubrió los ojos con las manos y se echó a reír.

«Es la cosa más divertida, viejo amigo», dijo divertido. «No puedo... cuando intento...».

Había pasado visiblemente por dos estados de ánimo y entraba en un tercero. Después de su vergüenza y de su alegría desmedida, le consumía el asombro por la presencia de ella. Había estado repleto de la idea durante mucho tiempo, la había soñado hasta el final, había esperado apretando los dientes, por así decirlo, con una intensidad inconcebible. Ahora, como reacción, se estaba agotando, como un reloj al que le han dado demasiada cuerda.

En un minuto se recuperó y abrió para nosotros dos enormes armarios que contenían sus trajes, batas y corbatas, y sus camisas, apiladas como ladrillos por docenas.

«Tengo alguien en Inglaterra que me compra ropa. Me envía una selección de cosas al principio de cada temporada, primavera y otoño».

Sacó una pila de camisas y comenzó a arrojarlas, una por una, ante nosotros, camisas de lino puro y seda gruesa y franela fina, que perdían sus pliegues al caer y cubrían la mesa en un desorden multicolor. Mientras admirábamos, él traía aún más y el delicioso y suave montón crecía: camisas con rayas y volutas y cuadros en coral y verde manzana y lavanda y naranja tenue, con monogramas de azul índigo. De repente, con un ruido ahogado, Daisy hundió su cara entre las camisas y empezó a llorar desconsoladamente.

«Son unas camisas tan bellas», sollozó, con la voz apagada en los gruesos pliegues. «Me da tristeza porque nunca había visto... camisas tan bellas».

Después de la casa, íbamos a ver los jardines y la piscina, y el hidroavión, y las flores estivales... pero fuera de la ventana de

Gatsby se empezó a ver la lluvia de nuevo, así que nos quedamos en hilera, mirando la superficie ondulada del Sound.

«Si no fuera por la niebla podríamos ver tu casa al otro lado de la bahía», dijo Gatsby. «Siempre tienes una luz verde que arde toda la noche al final de tu muelle».

Daisy lo cogió del brazo bruscamente, pero él parecía absorto en lo que acababa de decir. Posiblemente se le había ocurrido que la colosal importancia de aquella luz ahora se había desvanecido para siempre. En comparación con la gran distancia que le había separado de Daisy, le había parecido muy cercana, casi tocándola. Había parecido tan cercana como una estrella a la luna. Ahora era de nuevo una luz verde en un muelle. Su cuenta de objetos encantados había disminuido en uno.

Empecé a pasear por la habitación, examinando varios objetos indefinidos en la semioscuridad. Me atrajo una gran fotografía de un hombre mayor en traje de marinero que colgada en la pared, sobre su escritorio.

«¿Quién es éste?».

«¿Ese? Ese es el señor Dan Cody, viejo amigo».

El nombre me resultaba ligeramente familiar.

«Ahora ha muerto. Solía ser mi mejor amigo hace años».

Había una pequeña foto de Gatsby, también en traje de yate, sobre el escritorio —Gatsby con la cabeza echada hacia atrás, desafiante—, tomada al parecer cuando tenía unos dieciocho años.

«Me encanta», exclamó Daisy. «¡El pompadour! Nunca me dijiste que llevabas un pompadour... o un yate».

«Mira esto», dijo Gatsby rápidamente. «Aquí hay un montón de recortes... sobre ti».

Se pusieron uno al lado del otro examinándolo. Yo iba a pedir que me enseñara los rubíes cuando sonó el teléfono y Gatsby cogió el auricular.

«Sí... bueno, no puedo hablar ahora... No puedo hablar ahora, viejo amigo... dije una ciudad pequeña... él debe saber lo que es una ciudad pequeña... Bueno, no nos sirve si Detroit es su idea de una ciudad pequeña...».

Colgó.

«¡Vengan rápido!», gritó Daisy desde la ventana.

La lluvia seguía cayendo, pero la oscuridad se había separado al oeste, y había un oleaje, rosa y oro, de nubes espumosas sobre el mar.

«Mira eso», susurró ella, y después de un momento: «Me gustaría coger una de esas nubes rosas y meterte en ella y empujarte».

Intenté irme en ese momento, pero no lo permitieron; tal vez mi presencia les hacía sentir solos con mayor satisfacción.

«Ya sé lo que haremos», dijo Gatsby, «haremos que Klipspringer toque el piano».

Salió de la habitación llamando a «¡Ewing!»y regresó a los pocos minutos acompañado de un joven avergonzado y algo ajado, con gafas de montura de concha y escaso pelo rubio. Ahora estaba decentemente vestido con una «camisa deportiva» abierta en el cuello, zapatillas con suela de goma y pantalones de dril de un tono nebuloso.

«¿Hemos interrumpido tu gimnasia?», preguntó Daisy amablemente.

«Estaba durmiendo», se quejó el señor Klipspringer, en un espasmo de vergüenza. «Es decir, había estado dormiendo. Luego me levanté...».

«Klipspringer toca el piano», dijo Gatsby, cortándolo. «¿No es así, Ewing, viejo amigo?».

«No toco bien. Apenas si toco. No he practica...».

«Vamos abajo», interrumpió Gatsby. Accionó un interruptor. Las ventanas grises desaparecieron y la casa se llenó de luz.

En la sala de música, Gatsby encendió una solitaria lámpara junto al piano. Encendió el cigarrillo de Daisy con una cerilla temblorosa, y se sentó junto a ella en un sofá situado al otro lado de la habitación, donde no había más luz que la que el suelo reluciente reflejaba desde el vestíbulo.

Cuando Klipspringer hubo tocado «El nido de amor», giró en el taburete y buscó desolado a Gatsby en la penumbra.

«No he ensayado, ya ves. Te dije que no podía tocar. No he practica...».

«No hables tanto, viejo amigo», ordenó Gatsby. «¡Toca!».

«Por la mañana,
Por la noche,
¿No nos divertimos...?».

Fuera, el viento era fuerte y había un débil flujo de truenos a lo largo del Sound. Todas las luces estaban encendidas en West Egg; los trenes eléctricos, transportando pasajeros, volvían a casa, atravesando la lluvia, desde New York. Era la hora de un profundo cambio humano, y la emoción se generaba en el aire.

«Una cosa es segura y nada es más seguro
Los ricos hacen dinero y los pobres hacen... niños.
Mientras tanto,
Con el tiempo, entretanto...».

Cuando me acerqué a despedirme, vi que la expresión de desconcierto había vuelto a aparecer en el rostro de Gatsby, como si se hubíera tenido una leve duda sobre la calidad de su felicidad actual. ¡Casi cinco años! Debió de haber momentos, incluso aquella tarde, en los que Daisy se alejó de sus sueños, no porque ella haya hecho algo, sino por la colosal vitalidad de su ilusión. Había ido más allá de ella, más allá de todo. Se había volcado en ella con una pasión creativa, añadiéndole continuamente, adornándola con todas las plumas brillantes que le venían al paso. Ninguna cantidad de fuego o frescura puede desafiar lo que un hombre puede almacenar en los fantasmas de su corazón.

Mientras yo lo observaba él se recompuso un poco, era notorio. Su mano se aferró a la de ella, y cuando ella le dijo algo en voz baja al oído, él se volvió hacia ella con una emoción desbordante. Creo que esa voz era la que más le subyugaba, con su calor fluctuante y febril, porque no se podía exagerar: esa voz era una canción que no conocía la muerte.

Se habían olvidado de mí, pero Daisy levantó la vista y me tendió la mano; en ese momento Gatsby no se acordaba de mí, para nada. Los miré una vez más y ellos me devolvieron la mirada, remotamente, poseídos por una vida intensa. Entonces salí de la habitación y bajé los escalones de mármol hacia la lluvia, dejándolos allí, juntos.

VI

Por aquel entonces, un joven y ambicioso reportero de New York se llegó una mañana a la puerta de Gatsby y le preguntó si tenía algo que decir.

«¿Algo que decir sobre qué?», preguntó Gatsby amablemente.

«Bueno... cualquier declaración que quiera hacer».

Tras cinco minutos de confusión, se supo que el hombre había escuchado el nombre de Gatsby en su oficina por un contacto que no quiso revelar o que no entendió del todo. Era su día libre y con loable iniciativa se había apresurado a salir «a ver».

Fue un disparo al azar y, sin embargo, el instinto del reportero era correcto. La notoriedad de Gatsby, difundida por los cientos de personas que habían aceptado su hospitalidad y se habían convertido así en autoridades sobre su pasado, había aumentado durante todo el verano hasta casi convertirse en noticia. Leyendas contemporáneas como la del «oleoducto subterráneo a Canadá» se vincularon a él, y hubo una historia persistente de que no vivía en una casa, sino en un barco que parecía una casa y que se movía en secreto por la costa de Long Island. Los motivos por los que estos inventos eran una fuente de satisfacción para James Gatz, de Dakota del Norte, no son fáciles de explicar.

James Gatz... era realmente, o al menos legalmente, su nombre. Se lo había cambiado a la edad de diecisiete años y en el momento concreto que presenció el inicio de su carrera: cuando vio al yate de Dan Cody echar el ancla sobre el bajío más insidioso del lago Superior. Era James Gatz el que había estado holgazaneando por la playa aquella tarde con un jersey verde roto y unos pantalones de lona, pero ya era Jay Gatsby el que pidió prestado un bote de remos, se acercó al Tuolomee e informó a Cody que un viento podría alcanzarle y hacerle pedazos en media hora.

Supongo que ya tenía el nombre preparado desde hacía tiempo, incluso entonces. Sus padres eran unos granjeros sin éxito y sin destino; su imaginación nunca los había aceptado como sus padres. La verdad es que Jay Gatsby de West Egg, Long Island, surgió de la concepción platónica de sí mismo. Era un hijo de Dios —una frase que, si significa algo, significa precisamente eso— y debía dedicarse a los asuntos de su Padre, al servicio de una belleza vasta, vulgar y meretriz. Y por lo tanto, se inventó justo el tipo de Jay Gatsby que un chico de diecisiete años podría inventar, y a esta concepción fue fiel hasta el final.

Llevaba más de un año abriéndose camino a lo largo de la orilla sur del Lago Superior como pescador de almejas y salmones o en cualquier otra función que le proporcionara comida y cama. Su cuerpo moreno y endurecido vivía con naturalidad el trabajo medio feroz y medio perezoso de los días de calor. Conoció pronto a las mujeres, y como éstas lo malcriaban se volvió despectivo con ellas, con las jóvenes vírgenes porque eran ignorantes, con las otras porque eran histéricas por cosas que en su abrumador ensimismamiento daba por sentadas.

Pero su corazón se encontraba en un constante y turbulento tumulto. Las más grotescas y fantásticas imágenes le perseguían por la noche en su cama. Un universo de inefable gentileza se desdoblaba en su cerebro mientras el reloj hacía tictac en el lavabo y la luna empapaba con luz húmeda sus ropas desparramadas en el suelo. Cada noche aumentaba la trama de sus fantasías hasta que la somnolencia se cerraba sobre alguna escena vívida en un abrazo inconsciente. Durante un tiempo estos ensueños proporcionaron una salida a su imaginación; eran un indicio satisfactorio de la irrealidad propia a la realidad, una promesa de que la roca del mundo estaba fundada, asegurada, en el ala de un hada.

Un instinto hacia su futura gloria le había llevado, unos meses antes, al pequeño colegio luterano de St. Olaf's, en el sur de Minnesota. Permaneció allí dos semanas, consternado por la feroz indiferencia hacia los tambores de su destino, hacia el destino mismo, y despreció el trabajo de conserje con el que debía pagarse el viaje. Luego regresó al Lago Superior, y todavía estaba buscando algo que hacer el día en que el yate de Dan Cody echó el ancla en los bajíos de la costa.

Cody tenía entonces cincuenta años, un producto de los campos de plata de Nevada, del Yukón, de todas las fiebres mineras desde 1875. Las transacciones de cobre de Montana que le hicieron varias veces millonario le encontraron físicamente robusto pero al borde de la debilidad mental, y, sospechando esto, infinidad de mujeres intentaron separarle de su dinero. Las ramificaciones no demasiado sabrosas por las que Ella Kaye, que trabajaba en el periódico, jugó a ser Madame de Maintenon para su debilidad y lo envió al mar en un yate, eran patrimonio común del periodismo pomposo en 1902. Llevaba cinco años navegando por costas demasiado hospitalarias cuando se convirtió en el destino de James Gatz en Little Girl Bay.

Para el joven Gatz, apoyado en sus remos y mirando hacia la cubierta con barandilla, aquel yate representaba toda la belleza y el glamour del mundo. Supongo que sonrió a Cody; probablemente había descubierto que gustaba a la gente cuando sonreía. En cualquier caso, Cody le hizo unas cuantas preguntas (una de ellas le sonsacó el flamante nombre) y descubrió que era listo y extravagantemente ambicioso. Unos días más tarde lo llevó a Duluth y le compró una chaqueta azul, seis pares de pantalones de dril blancos y una gorra de marinero. Y cuando el Tuolomee zarpó hacia las Indias Occidentales y la Costa de Berbería, Gatsby también lo hizo.

Se le empleó a título personal y vago: mientras permaneció con Cody, fue a su vez camarero, oficial, capitán, secretario e incluso carcelero, ya que Dan Cody sobrio pronto supo las fastuosas acciones que Dan Cody ebrio podía llevar a cabo, y previó tales contingencias depositando cada vez más confianza en Gatsby. El acuerdo duró cinco años, durante los cuales el barco dio tres veces la vuelta al continente. Podría haber durado indefinidamente de no ser porque Ella Kaye subió a bordo una noche en Boston y una semana después Dan Cody murió de manera poco hospitalaria.

Recuerdo su retrato en el dormitorio de Gatsby, un hombre gris y saludable con un rostro duro y vacío: el libertino pionero que, durante una fase de la vida americana, devolvió a la costa oriental la violencia salvaje de los burdeles y de los salones de la frontera. Se debió indirectamente a Cody que Gatsby bebiera tan poco. A veces, en el transcurso de las alegres fiestas, las mujeres le frotaban el champán en el pelo; el adquirió, por su lado, el hábito de no dejarse llevar por el licor.

Y fue de Cody de quien heredó dinero... un legado de veinticinco mil dólares. No lo recibió. Nunca entendió el artilugio legal que se utilizó contra él, pero lo que quedó de los millones fue intacto para Ella Kaye. Él se quedó con una educación singularmente apropiada; el vago contorno de Jay Gatsby se había llenado hasta alcanzar la sustancialidad de un hombre.

Todo esto me lo contó mucho más tarde, pero lo he puesto aquí con la idea de hacer añicos aquellos primeros rumores descabellados sobre sus antecedentes, que no eran ni siquiera ligeramente ciertos. Además me lo contó en un momento de confusión, cuando yo había llegado al punto de creer todo y nada sobre él. Así que aprovecho esta breve pausa, mientras Gatsby, por así decirlo, recupera el aliento, para despejar este conjunto de ideas erróneas.

Fue una pausa, también, en mi relación con sus asuntos. Durante varias semanas no le vi ni oí su voz por teléfono —la mayor parte del tiempo estuve en New York, dando vueltas con Jordan y tratando de congraciarme con su tía senil—, pero finalmente fui a su casa un domingo por la tarde. No llevaba ni dos minutos allí cuando alguien hizo entrar a Tom Buchanan a tomar una copa. Me sobresalté, naturalmente, pero lo realmente sorprendente era que no hubiera ocurrido antes.

Eran tres y a caballo: Tom, un hombre llamado Sloane y una bonita mujer con un traje de montar marrón, estos dos ya habían estado allí antes.

«Estoy encantado de verlos», dijo Gatsby, de pie en su porche. «Estoy encantado de que hayan venido».

¡Como si les importara!

«Siéntense. Tomen un cigarrillo o un puro». Caminó rápidamente por la habitación, haciendo sonar las campanillas. «Tendré algo de beber para ustedes en un minuto».

Estaba profundamente afectado por el hecho de que Tom estuviera allí. Pero de todos modos estaría incómodo hasta que les diera algo de beber, comprendiendo de manera vaga que eso era todo lo que habían venido a buscar. El señor Sloane no quería nada. ¿Una limonada? No, gracias. ¿Un poco de champán? Nada en absoluto, gracias... Lo siento...

«¿Tuvieron un buen paseo?».

«Muy buenos caminos por aquí».

«Supongo que los automóviles...».

«Sí.»

Movido por un impulso irresistible, Gatsby se volvió hacia Tom, que había aceptado la presentación como si no se conocieran.

«Creo que nos hemos visto antes en algún sitio, señor Buchanan».

«Oh, sí», dijo Tom, brusco pero educadamente, pero obviamente sin recordarlo. «Así es. Lo recuerdo muy bien».

«Hace unas dos semanas».

«Así es. Estabas con Nick aquí».

«Conozco a su mujer», continuó Gatsby, casi con agresividad.

«¿En serio?».

Tom se volvió hacia mí.

«¿Vives cerca de aquí, Nick?».

«Al lado».

«¿En serio?».

El señor Sloane no participó en la conversación, sino que se recostó con altivez en su silla; la mujer tampoco dijo nada... hasta que inesperadamente, después de dos whiskys con soda, se volvió cordial.

«Vendremos todos a su próxima fiesta, señor Gatsby», sugirió. «¿Qué le parece?».

«Por supuesto; estaré encantado de recibirlos».

«Será muy agradable», dijo el señor Sloane, sin la menor gratitud. «Bueno, creo que deberíamos empezar a irnos a casa».

«Por favor, no se apresuren», les instó Gatsby. Ahora había recuperado el control de sí mismo y quería hablar más con Tom. «¿Por qué no... por qué no se quedan a cenar? No me sorprendería que vinieran otras personas de New York».

«Ustedes vengan a cenar conmigo», dijo la señora con entusiasmo. «Los dos».

Eso me incluía a mí. El señor Sloane se puso en pie.

«Vamos», dijo él, pero sólo a ella.

«Lo digo en serio», insistió ella. «Me encantaría que vengan. Hay mucho espacio».

Gatsby me miró interrogativamente. Quería ir y no se había dado cuenta que el señor Sloane hubiera determinado que no lo hiciera.

«Me temo que no podré», dije.

«Pues venga usted», instó, concentrándose en Gatsby.

El señor Sloane murmuró algo cerca de su oído.

«No llegaremos tarde si vamos ahora», insistió ella en voz alta.

«No tengo caballo», dijo Gatsby. «Solía montar en el ejército, pero nunca he comprado un caballo. Tendré que seguirlos en mi coche. Discúlpenme un momento».

Los demás salimos al porche, donde, apartados, Sloane y la señora iniciaron una apasionada conversación.

«Dios mío, creo que el tipo va a venir», dijo Tom. «¿No sabe que ella no quiere que él venga?».

«Ella dice que sí quiere».

«Ella va a dar una gran cena y él no conocerá a nadie allí». Frunció el ceño. «Me pregunto en qué maldito lugar conoció a Daisy. Por Dios, puede que yo sea anticuado en mis ideas, pero las mujeres dan demasiadas vueltas hoy en día como para que me venga bien. Se encuentran con toda clase de locos».

De repente, el señor Sloane y la señora bajaron los escalones y montaron en sus caballos.

«Vamos», dijo el señor Sloane a Tom, «llegamos tarde. Tenemos que irnos». Y luego a mí: «Dile que no podíamos esperar, por favor».

Tom y yo nos dimos la mano, los demás intercambiamos una fría inclinación de cabeza, y ellos de fueron al trote rápido por el camino, desapareciendo bajo el follaje de agosto justo cuando Gatsby, con sombrero y abrigo ligero en la mano, salía por la puerta principal.

Evidentemente, a Tom le molestó que Daisy anduviera dando vueltas, porque el sábado siguiente por la noche vino con ella a la fiesta de Gatsby. Tal vez su presencia dio a la velada su peculiar cualidad opresiva —lo que la hace distinguirse en mi memoria de las demás fiestas de Gatsby de aquel verano. Había la misma gente, o al menos el mismo tipo de gente, la misma profusión de champán, el mismo alboroto multicolor, pero sentí un malestar en el aire, una dureza penetrante que no había existido antes. O tal vez simplemente me había acostumbrado a ello, a aceptar West Egg como un mundo completo en sí mismo, con sus propias normas y sus propias grandes figuras, inmejorable porque no tenía conciencia de serlo, y ahora lo estaba viendo de nuevo a través de los ojos de Daisy. Es invariablemente triste mirar con nuevos ojos las cosas en las que uno ha gastado su propio poder de adaptación.

Ellos llegaron a la hora del crepúsculo y, mientras paseábamos entre los centenares de chispas, la voz de Daisy jugaba a murmurar en su garganta.

«Estas cosas me excitan tanto», susurró. «Si quieres besarme en cualquier momento de la noche, Nick, sólo tienes que decírmelo y estaré encantada de organizarlo. Sólo menciona mi nombre. O presenta una tarjeta verde. Estoy repartiendo tarjetas verdes...».

«Miren alrededor suyo», sugirió Gatsby.

«Estoy mirando alrededor. Estoy teniendo una maravillosa...».

«Van a ver las caras de mucha gente de la que han oído hablar».

Los ojos arrogantes de Tom recorrieron la multitud.

«No somos de salir mucho», dijo; «de hecho, estaba pensando que no conozco a un alma aquí».

«Tal vez conozcan a esa dama». Gatsby señaló a una hermosa y apenas humana orquídea de mujer que estaba sentada bajo un ciruelo blanco. Tom y Daisy se quedaron mirando, con esa sensación peculiarmente irreal que acompaña al reconocimiento de una celebridad, hasta ahora fantasmal, de las películas.

«Es encantadora», dijo Daisy.

«El hombre que se inclina sobre ella es su director».

Gatsby los llevó ceremoniosamente de un grupo a otro:

«La señora Buchanan... y el señor Buchanan...». Tras un instante de vacilación añadió: «el jugador de polo».

«Oh no», objetó Tom rápidamente, «yo no...».

Pero, evidentemente, el sonido le gustó a Gatsby, porque Tom siguió siendo «el jugador de polo» durante el resto de la velada.

«Nunca he conocido a tantos famosos», exclamó Daisy. «Me gustó ese hombre... ¿cómo se llamaba...? con esa especie de nariz azul».

Gatsby lo identificó y añadió que era un pequeño productor.

«Bueno, a mí me gustaba de todos modos».

«Prefiero no ser el jugador de polo», dijo Tom agradablemente, «prefiero mirar a toda esa gente famosa de... de incógnito».

Daisy y Gatsby bailaron. Recuerdo que me sorprendió su elegante y conservador foxtrot; nunca lo había visto bailar. Luego se dirigieron a mi casa y se sentaron en los escalones durante media hora, mientras, a petición de ella, yo permanecía vigilante en el jardín. «Por si hay un incendio o una inundación», explicó ella, «o en caso de fuerza mayor».

Tom apareció de su «incógnito» cuando nos sentábamos a cenar juntos. «¿Les importa si como con algunas personas por allí?», dijo. «Un colega está contando cosas divertidas».

«Adelante», contestó Daisy con amabilidad, «y si quieres anotar alguna dirección aquí tienes mi pequeño lápiz de oro...». Ella miró por detrás al cabo de un momento y me dijo que la chica era «vulgar pero bonita», y supe que salvo por la media hora que había estado a solas con Gatsby no lo estaba pasando bien.

Estábamos en una mesa especialmente achispada. La culpa era mía —a Gatsby lo habían llamado por teléfono, y yo había disfrutado de esta misma gente sólo dos semanas antes. Pero lo que me había divertido entonces ahora se volvía séptico en el aire.

«¿Cómo se siente, señorita Baedeker?».

La chica a la que se dirigían intentaba, sin éxito, desplomarse contra mi hombro. Ante esta pregunta, se incorporó y abrió los ojos.

«¿Qué?».

Una mujer maciza y aletargada, que había estado instando a Daisy a jugar al golf con ella en el club local mañana, habló en defensa de la señorita Baedeker:

«Oh, ella está bien ahora. Cuando se ha tomado cinco o seis cócteles siempre empieza a gritar así. Le dije que debería dejarlo».

«Pero si lo estoy dejando», afirmó la acusada de forma hueca.

«Te oímos gritar, así que le dije al doctor Civet, aquí presente: "Hay alguien que necesita su ayuda, doc"».

«Está muy agradecida, estoy segura», dijo otra amiga, sin gratitud, «pero le mojaste el vestido cuando le metiste la cabeza en la piscina».

«Lo que más odio es que me metan la cabeza en una piscina», murmuró la señorita Baedeker. «Casi me ahogan una vez en New Jersey».

«Entonces debería dejarlo», replicó el doctor Civet.

«¡Mira quien habla!», gritó violentamente la señorita Baedeker. «Le tiemblan las manos. No dejaría que usted me operara».

Fue así. Lo último que recuerdo es que estaba de pie con Daisy y observaba al director de cine y a su estrella. Seguían bajo el ciruelo blanco y sus rostros se tocaban, excepto por un pálido y delgado rayo de luz de luna entre ellos. Se me ocurrió que él había estado inclinándose muy lentamente hacia ella durante toda la tarde para lograr esta proximidad, e incluso mientras miraba le vi inclinarse un último grado y besar su mejilla.

«Me gusta», dijo Daisy, «creo que es encantadora».

Pero el resto la ofendía... y sin duda porque no era un gesto sino una emoción. Estaba horrorizada por West Egg, este «lugar» sin precedentes que Broadway había engendrado en un pueblo pesquero de Long Island, horrorizada por su crudo vigor, que se resentía de los viejos eufemismos... y por el destino demasiado intrusivo que arreaba a sus habitantes por un atajo de la nada a la nada. Veía algo horrible en esa misma sencillez que no entendía.

Me senté con ellos en la escalera de entrada mientras esperaban el coche. Estaba oscuro aquí delante; sólo la luminosa puerta enviaba tres metros cuadrados de luz hacia la suave y negra mañana. A veces una sombra se movía contra la persiana del vestidor de arriba, y daba paso a otra sombra, una procesión indefinida de sombras, que se enroscaban y empolvaban en un cristal invisible.

«¿Quién es este Gatsby?», preguntó Tom de repente. «¿Un gran traficante de licores?».

«¿Dónde has oído eso?», pregunté.

«No lo he oído. Lo imagino. Muchos de estos nuevos ricos son grandes traficantes, ya sabes».

«Bueno, no Gatsby», dije brevemente.

Se quedó en silencio un momento. Los guijarros del camino crujían bajo sus pies.

«Bueno, ciertamente debe haberse esforzado para lograr esta colección de animales salvajes».

Una brisa agitó la bruma gris del cuello de piel de Daisy.

«Al menos son más interesantes que la gente que conocemos», dijo con un esfuerzo.

«No parecías tan interesada».

«Bueno, lo estaba».

Tom se rió y se volvió hacia mí.

«¿Te fijaste en la cara de Daisy cuando esa chica le pidió que la pusiera bajo una ducha fría?».

Daisy comenzó a cantar acompañando la música en un susurro ronco y rítmico, haciendo que cada palabra tuviera un significado que nunca antes había tenido y que nunca volvería a tener. Cuando la melodía se elevaba, su voz se quebraba dulcemente, siguiéndola, de una manera que tienen las voces de contralto, y cada cambio volcaba un poco de su cálida magia humana en el aire.

«Viene mucha gente que no ha sido invitada», dijo de repente. «Esa chica no había sido invitada. Simplemente entran por la fuerza y él es demasiado educado para objetar».

«Me gustaría saber quién es él y qué hace», insistió Tom. «Y creo que me empeñaré en averiguarlo».

«Puedo decírtelo ahora mismo», respondió ella. «Era dueño de algunos drugstores, muchos drugstores. Los montó él mismo».

La esperada limusina llegó rodando por el camino.

«Buenas noches, Nick», dijo Daisy.

Su mirada se alejó de mí y buscó la parte superior de la escalinata, iluminada, desde donde «A las Tres de la Mañana», un pequeño y triste vals salido ese año, se escuchaba por la puerta abierta. Al fin y al cabo, en el mismo desenfado de la fiesta de Gatsby había posibilidades románticas totalmente ausentes del mundo de ella. ¿Qué era lo que había en la canción que parecía llamarla a entrar? ¿Qué pasaría ahora en las horas oscuras e incalculables? Tal vez llegaría algún invitado increíble, una persona infinitamente rara y digna de admiración, alguna joven auténticamente radiante que con una fresca mirada a Gatsby, un momento de encuentro mágico, borraría esos cinco años de devoción inquebrantable.

Aquella noche me quedé hasta tarde. Gatsby me pidió que esperara hasta que él estuviera libre, y me quedé en el jardín hasta que el inevitable grupo de bañistas volvieron, fríos y exaltados, desde la playa negra, y hasta que se apagaron las luces de las habitaciones superiores. Cuando por fin el bajó los escalones, la piel bronceada se dibujaba, inusualmente tensa en su rostro, y sus ojos estaban brillantes y cansados.

«No le gustó», dijo inmediatamente.

«Por supuesto que sí».

«No le gustó», insistió. «No lo pasó bien».

Se quedó en silencio y adiviné su indecible depresión.

«Me siento lejos de ella», dijo. «Es difícil hacerla entender».

«¿Te refieres al baile?».

«¿El baile?». Descartó todos los bailes que había organizado con un chasquido de los dedos. «Viejo amigo, el baile no tiene importancia».

Lo único que quería de Daisy era que fuera a ver a Tom y le dijera: «Nunca te he amado». Después de que ella hubiera borrado cuatro años con esa frase, podían decidir las medidas más prácticas que debían tomarse. Una de ellas era que, una vez que ella estuviera libre, volverían a Louisville y se casarían en la casa de ella, como si fuera hace cinco años.

«Y ella no entiende», dijo. «Ella solía ser capaz de entender. Nos sentábamos durante horas...».

Se interrumpió y comenzó a caminar por un sendero desolado de cáscaras de fruta y favores negados y flores aplastadas.

«Yo no le pediría demasiado», aventuré. «No se puede repetir el pasado».

«¿No se puede repetir el pasado?», gritó incrédulo. «¡Pues claro que se puede!».

Miró a su alrededor como un salvaje, como si el pasado estuviera acechando aquí, en la sombra de su casa, justo fuera del alcance de su mano.

«Voy a arreglar todo para que quede tal y como estaba antes», dijo, asintiendo con determinación. «Ya lo verá ella».

Habló mucho del pasado, y deduje que quería recuperar algo, alguna idea de sí mismo tal vez, que se había esfumado por amar a Daisy. Su vida había sido confusa y desordenada desde entonces, pero si, por una vez, pudiera volver a un cierto punto de partida y repasar todo lentamente, podría descubrir qué era esa cosa…

… Una noche de otoño, cinco años antes, habían estado caminando por la calle cuando las hojas estaban cayendo, y llegaron a un lugar donde no había árboles y la acera estaba blanca con la luz de la luna. Se detuvieron allí y se volvieron el uno hacia el otro. Ahora era una noche fresca con esa misteriosa excitación que se produce en los dos cambios de año. Las silenciosas luces de las casas zumbaban en la oscuridad y había un movimiento y bullicio entre las estrellas. Con el rabillo del ojo, Gatsby vio que los bloques de las aceras formaban realmente una escalera y ascendían a un lugar secreto por encima de los árboles; podía subir hasta él, si trepaba solo, y una vez allí podría chupar la papilla de la vida, engullir la incomparable leche de la maravilla.

Su corazón latió más rápido cuando el rostro blanco de Daisy se acercó al suyo. Sabía que cuando besara a esta chica, y enlazara para siempre sus visiones indecibles con su aliento perecedero, su mente no volvería a retozar como la mente de Dios. Así que esperó, escuchando por un momento más el diapasón que había sido golpeado sobre una estrella. Entonces la besó. Al contacto de sus labios, ella se abrió para él como una flor y la encarnación fue completa.

Durante de todo lo que dijo, incluso a través de su atroz sentimentalismo, me acordé de algo: un ritmo esquivo, un fragmento de palabras perdidas que había escuchado en algún lugar hace mucho tiempo. Por un momento, una frase trató de tomar forma en mi boca y mis labios se separaron como los de un hombre mudo, como si hubiera algo más que una brizna de aire asustado luchando en ellos. Pero no emitieron ningún sonido, y lo que casi había recordado quedó incomunicado para siempre.

VII

Cuando la curiosidad por Gatsby estaba en su punto más alto, las luces de su casa no se encendieron un sábado por la noche y, tan oscuramente como había empezado, su carrera como Trimalción había terminado. Sólo poco a poco me di cuenta de que los automóviles que giraban expectantes en su entrada se quedaban sólo un minuto y luego se alejaban enfurruñados. Me pregunté si él estaba enfermo y me acerqué para averiguarlo; un mayordomo desconocido, con cara de villano, me miró con desconfianza desde la puerta.

«¿Está enfermo el señor Gatsby?»

«No...», tras una pausa añadió «señor», a regañadientes y con rencor.

«No lo he visto por aquí y estaba bastante preocupado. Dígale que ha venido el señor Carraway».

«¿Quién?», exigió con rudeza.

«Carraway».

«Carraway. Muy bien, se lo diré».

Bruscamente dio un portazo.

Mi finlandesa me informó de que Gatsby había despedido a todos los criados de su casa hacía una semana y los había sustituido por una media docena de otros, que nunca iban al pueblo de West Egg para dejarse sobornar por los comerciantes, sino que pedían suministros moderados por teléfono. El chico de la tienda de comestibles informó que la cocina parecía una pocilga, y la opinión general en el pueblo era que los nuevos no eran sirvientes en absoluto.

Al día siguiente Gatsby me llamó por teléfono.

«¿Te vas?», pregunté.

«No, viejo amigo».

«He oído que has despedido a todos tus sirvientes».

«Quería a gente que no chismeara. Daisy viene a menudo... por las tardes».

Así que todo el caravansario se había derrumbado como un castillo de naipes ante la desaprobación de sus ojos.

«Son algunas personas a las que Wolfshiem quería ayudar. Son todos hermanos y hermanas. Solían dirigir un pequeño hotel».

«Ya veo».

Llamaba a petición de Daisy: ¿podría ir a comer a su casa mañana? La señorita Baker estaría allí. Media hora después, la propia Daisy llamó por teléfono y pareció aliviada al saber que yo iba a ir. Algo pasaba. Y, sin embargo, no podía creer que eligieran esta ocasión para una escena... especialmente para la escena bastante angustiosa que Gatsby había esbozado en el jardín.

El día siguiente fue muy caluroso, casi el último, sin duda el más cálido, del verano. Cuando mi tren salió del túnel a la luz del sol, sólo los silbidos de la National Biscuit Company rompieron el silencio caliente que se respiraba a mediodía. Los asientos de paja del vagón estaban al borde de la combustión; la mujer que estaba a mi lado sudó delicadamente durante un rato en su camisa blanca, y luego, cuando su periódico se humedeció bajo sus dedos, se entregó desesperadamente al calor extremo con un quejido desolado. Su cartera cayó al suelo.

«¡Oh, Dios!», jadeó.

La recogí haciendo un gesto de cansancio y se lo devolví, sosteniéndola a la distancia y por la punta de las esquinas para indicar que no tenía malas intenciones... pero todos los que estaban cerca, incluida la mujer, sospecharon de mí igualmente.

«¡Qué calor!», dijo el revisor a las caras conocidas. «¡Qué tiempo!... ¡Qué calor!... ¡Calor!... ¡Calor!... ¿Hace suficiente calor para ti? ¿Hace calor? ¿Hace...?».

Mi billete de transporte volvió a mí con una mancha oscura de su mano. ¡Que alguien se preocupe, con este calor, de los labios sonrojados que besó, de la cabeza que humedeció el bolsillo del pijama, sobre su corazón!

... Por el vestíbulo de la casa de los Buchanan soplaba un viento tenue, que traía el sonido del timbre del teléfono hasta la puerta, donde Gatsby y yo esperábamos.

«¿El cadáver del señor?», rugió el mayordomo en el auricular. «Lo siento, madame, pero no podemos entregarlo: ¡está demasiado caliente como para tocarlo este mediodía!».

Lo que realmente dijo fue: «Sí... Sí... Voy a ver».

Dejó el auricular y se acercó a nosotros, brillando ligeramente de sudor, para coger nuestros rígidos sombreros de paja.

«¡La señora los espera en el salón!», gritó, indicando inútilmente la dirección. Con este calor, cada gesto extra era una afrenta a las reservas en común de vida.

La sala, bien sombreada con toldos, estaba oscura y fresca.

Daisy y Jordan estaban tumbadas en un enorme sofá, como pesados ídolos de plata sosteniendo sus propios vestidos blancos contra la brisa cantarina de los ventiladores.

«No podemos movernos», dijeron al unísono.

Los dedos de Jordan, empolvados de blanco sobre su bronceado, se posaron por un momento en los míos.

«¿Y el señor Thomas Buchanan, el atleta?», pregunté.

Simultáneamente oí su voz —malhumorada, apagada, ronca— en el teléfono del vestíbulo.

Gatsby se situó en el centro de la alfombra carmesí y miró a su alrededor con ojos fascinados. Daisy lo observaba y reía, su dulce y excitante risa; una pequeña ráfaga de polvo se elevó desde su pecho al aire.

«Se rumorea», susurró Jordan, «que es la chica de Tom la que está al teléfono».

Nos quedamos en silencio. La voz desde el vestíbulo se elevó con fastidio: «Muy bien, entonces, no te venderé el coche para nada... no tengo ninguna obligación contigo... y en cuanto a que me molestes por ello a la hora de comer, ¡no lo soportaré en absoluto!».

«Tiene tapado el micrófono del teléfono», dijo Daisy cínicamente.

«No, no lo está», le aseguré. «Es un verdadero negocio. Resulta que me enteré de ello».

Tom abrió la puerta de golpe, bloqueó el espacio de ésta por un momento con su grueso cuerpo y se apresuró a entrar en la habitación.

«¡Señor Gatsby!». Extendió su mano ancha y plana con una antipatía bien disimulada. «Me alegro de verlo, sir... Nick...».

«Prepáranos una bebida fría», gritó Daisy.

Cuando él salió de nuevo de la habitación, ella se levantó y se acercó a Gatsby y le enclinó la cara, besándole en la boca.

«Sabes que te amo», murmuró.

«Olvidas que hay una dama presente», dijo Jordan.

Daisy miró a su alrededor, dudosa.

«Besa también a Nick».

«¡Qué chica tan baja y vulgar!».

«¡No me importa!», gritó Daisy, y comenzó a bailotear en la chimenea de ladrillo. Luego se acordó del calor y se sentó con culpa en el sofá, justo cuando entraba en la habitación una niñera muy hacendosa que traía a una niña.

«Ben-di-ta pre-cio-sa», cantó, extendiendo sus brazos. «Ven con tu madre que te adora».

La niña, liberada por la niñera, corrió por la habitación y se metió tímidamente entre el vestido de su madre.

«¡Ben-di-ta pre-cio-sa! ¿Mamá te puso polvo en tu precioso y rubio pelo? Levántate ahora, y di: "Cómo están"».

Gatsby y yo, a su vez, nos inclinamos y tomamos la pequeña mano renuente. A continuación, él no dejaba de mirar a la niña con sorpresa. Creo que nunca había creído realmente en su existencia.

«Me vestí para el almuerzo», dijo la niña, volviéndose ansiosa hacia Daisy.

«Eso es porque tu madre quería presumir de ti». Su cara se dobló en la única arruga del pequeño cuello blanco. «Eres un sueño, tú. Tú, pequeño sueño perfecto».

«Sí», admitió la niña con calma. «La tía Jordan también se ha puesto un vestido blanco».

«¿Qué te parecen los amigos de mamá?». Daisy la hizo girar para que mirara a Gatsby. «¿Crees que son guapos?».

«¿Dónde está papá?».

«No se parece a su padre», explicó Daisy. «Se parece a mí. Tiene mi pelo y la misma forma de la cara».

Daisy volvió a sentarse en el sofá. La niñera dio un paso adelante y le tendió la mano.

«Ven, Pammy».

«¡Adiós, cariño!».

Con una reticente mirada hacia atrás, la niña, bien educada, se aferró a la mano de su niñera y fue guíada por la puerta, justo cuando Tom regresó, precediendo cuatro gins con lima que chasqueaban, llenos de hielo.

Gatsby tomó su bebida.

«Sin duda que parecen fríos», dijo, visiblemente tenso.

Bebimos en largos y ávidos tragos.

«He leído en alguna parte que el sol se calienta más cada año», dijo Tom, simpático. «Parece que muy pronto la tierra va a caer en el sol... o esperen un minuto... es justo lo contrario... el sol se enfría cada año».

«Ven afuera», sugirió a Gatsby, «me gustaría que eches un vistazo al lugar».

Salí con ellos a la veranda. En el verde Sound, estancado por el calor, una pequeña vela se arrastraba lentamente hacia el fresco mar. Los ojos de Gatsby la siguieron momentáneamente; levantó la mano y señaló al otro lado de la bahía.

«Estoy justo enfrente de ti».

«Así es».

Nuestros ojos se alzaron sobre los rosales y el césped caliente y los desechos de algas que dejaban a lo largo de la costa estos días de perros. Lentamente, las blancas alas de la barca se movían contra el frío límite azul del cielo. Por delante estaba el océano ondulado y las abundantes y benditas islas.

«Ese es un buen deporte», dijo Tom, asintiendo. «Me gustaría estar ahí fuera con él durante una hora».

Almorzamos en el comedor, también en penumbra para luchar contra el calor, y bebimos alegría nerviosa con la cerveza fría.

«¿Qué haremos de nosotros esta tarde?», exclamó Daisy, «y al día siguiente, y los próximos treinta años».

«No seas morbosa», dijo Jordan. «La vida vuelve a empezar cuando refresca en otoño».

«Pero hace tanto calor», insistió Daisy, al borde de las lágrimas, «y todo es tan confuso. ¡Vayamos todos a la ciudad!».

Su voz luchaba contra el calor, golpeando contra él, moldeando su insensatez en formas.

«He oído hablar de hacer un garaje de un establo», le decía Tom a Gatsby, «pero soy el primer hombre que ha hecho un establo de un garaje».

«¿Quién quiere ir a la ciudad?», exigió Daisy con insistencia. Los ojos de Gatsby flotaron hacia ella. «Ah», exclamó ella, «te ves tan bien».

Sus ojos se encontraron y se quedaron mirándose, juntos y solos en el espacio. Con un esfuerzo, ella miró hacia la mesa.

«Siempre estás muy bien», repitió.

Ella le había dicho que lo amaba, y Tom Buchanan lo vio. Estaba asombrado. Abrió un poco la boca y miró a Gatsby y luego de nuevo a Daisy como si acabara de reconocerla como alguien que conocía desde hacía mucho tiempo.

«Te pareces al hombre del anuncio», continuó inocentemente. «Ya conoces el hombre del anuncio...».

«De acuerdo», interrumpió Tom rápidamente, «estoy totalmente dispuesto a ir a la ciudad. Vamos, todos vamos a la ciudad».

Se levantó, con los ojos aún centrados en Gatsby y su esposa. Nadie se movió.

«¡Vamos!». Tenía menos paciencia. «¿Y ahora qué sucede? Si vamos a la ciudad, pongámonos en marcha».

Su mano, temblorosa por el esfuerzo de autocontrolarse, llevó a los labios el último trago de cerveza. La voz de Daisy nos hizo ponernos en pie y salir al camino de grava abrasador.

«¿Nos vamos a ir sin más?», objetó. «¿Así? ¿No vamos a dejar que alguien fume un cigarrillo antes?».

«Todo el mundo fumó durante el almuerzo».

«Oh, tenemos que divertirnos», le rogó ella. «Hace demasiado calor como para hacer un lío».

Él no respondió.

«Como quieras», dijo ella. «Vamos, Jordan».

Ellas subieron a prepararse mientras los tres hombres nos quedamos de pie arrastrando los pies en los guijarros calientes. Una curva plateada de la luna se cernía ya en el cielo occidental. Gatsby empezó a hablar, cambió de opinión, pero no antes de que Tom se diera la vuelta y lo mirara expectante.

«¿Tienes los establos aquí?», preguntó Gatsby con un esfuerzo.

«A un cuarto de milla por el camino».

«Ah».

Una pausa.

«No entiendo la idea de ir a la ciudad», estalló Tom salvajemente. «A las mujeres se les meten esas ideas en la cabeza...».

«¿Llevamos algo para beber?», dijo Daisy desde una ventana en la primera planta.

«Cogeré un poco de whisky», respondió Tom entrando en la casa.

Gatsby se volvió hacia mí, rígido:

«No puedo decir nada en su casa, viejo amigo».

«Ella tiene una voz indiscreta», comenté. «Está llena de...», dudé.

«Su voz está llena de dinero», dijo él de repente.

¡Eso era! Nunca lo había entendido. Estaba llena de dinero: ése era el encanto inagotable que subía y bajaba en su voz, su tintineo, su canto de címbalos... En lo alto de un palacio blanco estaba la hija del rey, la chica de oro...

Tom salió de la casa envolviendo una botella de un cuarto de galón en una toalla, seguido por Daisy y Jordan que llevaban pequeños sombreros ajustados de tela metálica y capas ligeras sobre los brazos.

«¿Vamos todos en mi coche?», sugirió Gatsby. Palpó el cuero verde y caliente del asiento. «Debería haberlo dejado a la sombra».

«¿El cambio de marchas es estándar?», preguntó Tom.

«Sí».

«Bueno, tú coge mi cupé y déjame manejar tu coche hasta la ciudad».

La sugerencia no le gustó a Gatsby.

«No creo que haya mucha gasolina», objetó.

«Hay gasolina de más», dijo Tom con determinación. Miró el dial. «Y si se acaba puedo parar en un drugstore. Hoy en día se puede comprar cualquier cosa en un drugstore».

Una pausa siguió a este comentario aparentemente inútil. Daisy miró a Tom con el ceño fruncido, y una expresión indefinible, a la vez definitivamente desconocida y vagamente reconocible, como si sólo la hubiera oído describir en palabras, pasó por el rostro de Gatsby.

«Vamos, Daisy», dijo Tom, empujándola con la mano hacia el coche de Gatsby. «Te llevaré en este vagón de circo».

Abrió la puerta, pero ella se soltó de su abrazo.

«Llévate a Nick y a Jordan. Nosotros te seguiremos en el cupé».

Se acercó a Gatsby, tocando su abrigo con la mano. Jordan, Tom y yo subimos al asiento delantero del coche de Gatsby, Tom empujó tímidamente las marchas que no conocía y salimos disparados hacia el calor opresivo, dejándolos atrás y fuera de la vista.

«¿Han visto eso?», preguntó Tom.

«¿Ver qué?».

Me miró con interés, dándose cuenta de que Jordan y yo debíamos haber estado al tanto todo el tiempo.

«Creen que soy bastante tonto, ¿no?», sugirió. «Tal vez lo sea, pero tengo una... casi un instinto especial, a veces, que me dice lo que tengo que hacer. Tal vez no lo creas, pero la ciencia...».

Hizo una pausa. El asunto inmediato lo sobrepasó, lo sacó del borde del abismo teórico.

«He hecho una pequeña investigación sobre este tipo», continuó. «Podría haber profundizado más si hubiera sabido...».

«¿Quieres decir que has acudido a una médium?», inquirió Jordan con humor.

«¿Qué?». Confundido, nos miró fijamente mientras nos reíamos. «¿Una médium?».

«Sobre Gatsby».

«¡Sobre Gatsby! No, no lo he hecho. Dije que había estado haciendo una pequeña investigación sobre su pasado».

«Y descubriste que estudió en Oxford», dijo Jordan ayudándolo.

«¡Un estudiante de Oxford!». Se mostró incrédulo. «¡Eso es estúpido! Lleva un traje rosa».

«Sin embargo, estudió en Oxford».

«Oxford, Nuevo México», resopló Tom despectivamente, «o algo así».

«Escucha, Tom. Si eres tan snob, ¿por qué le has invitado a comer?», preguntó Jordan con sorna.

«Daisy lo invitó; lo conoció antes de que nos casáramos, ¡sabe Dios dónde!».

Todos estábamos irritados ahora por el efecto de la cerveza que se desvanecía, y conscientes de ello viajamos durante un rato en silencio. Entonces, cuando los ojos descoloridos del doctor T. J. Eckleburg aparecieron en la carretera, recordé la advertencia de Gatsby sobre la gasolina.

«Tenemos suficiente para llegar a la ciudad», dijo Tom.

«Pero hay un garaje justo aquí», objetó Jordan. «No quiero quedarme parada con este calor abrasador».

Tom pisó ambos frenos con impaciencia, y nos deslizamos hasta una brusca y polvorienta parada bajo el cartel de Wilson. Al cabo de un momento, el propietario salió del interior de su establecimiento y contempló el coche con los ojos hundidos.

«¡Queremos cargar gasolina!», gritó Tom con aspereza. «¿Para qué cree que nos hemos detenido... para admirar la vista?».

«Estoy enfermo», dijo Wilson sin moverse. «He estado enfermo todo el día».

«¿Qué pasa?».

«Estoy agotado».

«Bueno, ¿me sirvo yo mismo?», preguntó Tom. «Sonabas bastante bien en el teléfono».

Con un esfuerzo, Wilson abandonó la sombra y el apoyo de la puerta y, respirando con dificultad, desenroscó el tapón del depósito. Su rostro se veía verde a la luz del sol.

«No quería interrumpir tu almuerzo», dijo. «Pero necesito dinero con urgencia y me preguntaba qué ibas a hacer con tu coche viejo».

«¿Qué te parece éste?», preguntó Tom. «Lo compré la semana pasada».

«Es muy bonito y amarillo», dijo Wilson, mientras tiraba de la manivela.

«¿Te gustaría comprarlo?».

«Es demasiado», sonrió Wilson débilmente. «No, pero podría ganar algo de dinero con el otro».

«¿Para qué quieres dinero, de repente?».

«Llevo demasiado tiempo aquí. Quiero alejarme. Mi mujer y yo queremos ir al Oeste».

«Tu mujer quiere», exclamó Tom, sorprendido.

«Ella lleva diez años hablando de ello». Se apoyó un momento en la bomba, haciéndose sombra sobre los ojos. «Y ahora se va, lo quiera o no. Voy a llevarla lejos».

El cupé pasó junto a nosotros con una ráfaga de polvo y el destello de una mano agitándose.

«¿Qué te debo?», preguntó Tom con rudeza.

«Es que me he dado cuenta de algo curioso en estos últimos días», comentó Wilson. «Por eso quiero irme. Por eso te he estado molestando con lo del coche».

«¿Cuánto te debo?».

«Un dólar veinte».

El implacable calor empezaba a aturdirme y tuve un mal momento antes de darme cuenta de que hasta ahora sus sospechas no se habían posado sobre Tom. Había descubierto que Myrtle tenía algún tipo de vida aparte de él, en otro mundo, y la conmoción lo había dejado enfermo físicamente. Lo miré fijamente y luego a Tom, que había hecho un descubrimiento paralelo menos de una hora antes, y se me ocurrió que no había ninguna diferencia entre los hombres, en inteligencia o raza, tan profunda como la diferencia entre los enfermos y los sanos. Wilson estaba tan enfermo que parecía culpable, imperdonablemente culpable... como si acabara de dejar una chica pobre embarazada.

«Te dejaré el coche», dijo Tom. «Lo enviaré mañana por la tarde».

Aquel lugar era siempre un poco inquietante, incluso en la luz diáfana de la tarde, y entonces volví la cara como si me hubieran advertido de que había algo detrás. Sobre los montones de ceniza, los gigantescos ojos del doctor T. J. Eckleburg seguían vigilando, pero percibí, al cabo de un momento, que otros ojos nos miraban con peculiar intensidad a menos de seis metros de distancia.

En una de las ventanas sobre el garaje las cortinas se habían corrido un poco y Myrtle Wilson estaba mirando el coche. Estaba tan absorta que no se daba cuenta de que la observaban, y una emoción tras otra se transparentaba en su rostro como los objetos en un cuadro que se revelan lentamente. Su expresión era curiosamente familiar; era una expresión que yo había visto a menudo en los rostros de las mujeres, pero en el de Myrtle Wilson parecía sin propósito e inexplicable, hasta que me di cuenta de que sus ojos, bien abiertos por el terror de los celos, no estaban fijos en Tom, sino en Jordan Baker, a quien tomaba por su esposa.

No hay confusión como la de una mente sencilla y, mientras nos alejábamos, Tom sentía los latigazos del pánico. Su esposa y su amante, hasta hacía una hora seguras e inviolables, se escapaban precipitadamente de su control. El instinto le hizo pisar el acelerador con el doble propósito de adelantar a Daisy y dejar atrás a Wilson, y aceleramos hacia Astoria a cincuenta millas por hora, hasta que, entre las vigas del tren elevado, pudimos avistar el despreocupado cupé azul.

«Esas grandes películas de las calles Cincuenta son geniales», sugirió Jordan. «Me encanta New York en las tardes de verano, cuando todo el mundo está fuera. Hay algo muy sensual en ello: como de frutas maduras, como si todo tipo de frutas exóticas fueran a caer en tus manos».

La palabra «sensual» inquietó aún más a Tom, pero antes de que él pudiera inventar una protesta, el cupé se detuvo y Daisy nos indicó que nos paráramos a su lado.

«¿Adónde vamos?», gritó.

«¿Qué tal al cine?».

«Hace mucho calor», se quejó ella. «Vayan ustedes. Nosotros daremos una vuelta y nos encontramos después». Con un esfuerzo su ingenio se levantó débilmente. «Nos encontraremos en alguna esquina. Yo seré el hombre que esté fumando dos cigarrillos».

«No podemos hablarlo aquí», dijo Tom con impaciencia, mientras un camión emitía un silbido maligno detrás de nosotros. «Síganme hasta el lado sur de Central Park, frente al Plaza».

Varias veces giró la cabeza y miró hacia atrás en busca del coche de ellos, y si el tráfico los retrasaba, él reducía la velocidad hasta que los tenía a la vista. Creo que temía que salieran corriendo por una calle lateral y se alejaran de su vida para siempre.

Pero no lo hicieron. Y todos dimos el paso mucho menos explicable de contratar el salón de una suite del Plaza Hotel.

Se me escapa la prolongada y tumultuosa discusión que terminó metiéndonos en esa habitación, aunque tengo el agudo recuerdo físico de que, en el transcurso de la misma, mi ropa interior trepaba como una serpiente húmeda alrededor de mis piernas y que intermitentes gotas de sudor recorrían frías en mi espalda. La idea se originó con la sugerencia de Daisy de que alquiláramos cinco cuartos de baño y tomáramos baños fríos, y luego asumió una forma más tangible como «un lugar para tomar un julepe de menta». Cada uno de nosotros dijo una y otra vez que era una «idea descabellada»; todos hablamos a la vez con un empleado desconcertado y pensamos, o fingimos pensar, que estábamos siendo muy graciosos...

La habitación era grande y sofocante y, aunque ya eran las cuatro, al abrir las ventanas sólo entraba el soplo de arbustos calientes del Parque. Daisy se acercó al espejo y se puso de espaldas a nosotros, arreglándose el pelo.

«Es una suite estupenda», susurró Jordan respetuosamente, y todos se rieron.

«Abre otra ventana», ordenó Daisy, sin volverse.

«No hay más».

«Bueno, será mejor que llamemos por teléfono para pedir un hacha...».

«Lo que hay que hacer es olvidarse del calor», dijo Tom con impaciencia. «Lo empeoras diez veces más si protestas sobre eso».

Desenrolló la botella de whisky de la toalla y la puso sobre la mesa.

«¿Por qué no la dejas en paz, viejo amigo?», comentó Gatsby. «Tú eres el que quería venir a la ciudad».

Hubo un momento de silencio. La guía telefónica se resbaló de su clavo en la pared y cayó al suelo, tras lo cual Jordan susurró: «Disculpen», pero esta vez nadie se rió.

«Yo lo recojo», me ofrecí.

«Ya lo tengo». Gatsby examinó la cuerda rota, murmuró «¡Hum!» de manera interesada, y arrojó el libro sobre una silla.

«Esa es una gran expresión tuya, ¿no?», dijo Tom bruscamente.

«¿Cuál expresión?».

«Todo este asunto del "viejo amigo". ¿De dónde sacaste eso?».

«Mira, Tom», dijo Daisy, volviéndose del espejo, «si vas a hacer comentarios personales no me quedaré aquí ni un minuto. Llama y pide hielo para el julepe de menta».

Cuando Tom cogió el auricular, el calor comprimido estalló en sonido y escuchamos los portentosos acordes de la Marcha Nupcial de Mendelssohn desde el salón de baile de abajo.

«¡Imagínate casarte con alguien con este calor!», exclamó Jordan consternada.

«Aun así, me casé a mediados de junio», recordó Daisy. «¡Louisville en junio! Alguien se desmayó. ¿Quién se desmayó, Tom?».

«Biloxi», contestó él brevemente.

«Un hombre llamado Biloxi. "Blocks" Biloxi, y hacía cajas —eso sí es cierto— y era de Biloxi, Tennessee».

«Lo llevaron a mi casa», añadió Jordan, «porque vivíamos a dos pasos de la iglesia. Y se quedó tres semanas, hasta que papá le dijo que tenía que irse. Al día siguiente de irse, papá murió». Después de un momento añadió. «No hay ninguna conexión entre los dos hechos».

«Yo conocía a un Bill Biloxi de Memphis», comenté.

«Era su primo. Conocí toda su historia familiar antes de que se fuera. Me regaló un putter de aluminio que todavía uso».

La música se había apagado al comenzar la ceremonia y ahora una larga ovación llegaba flotando desde la ventana, seguida de gritos intermitentes diciendo «¡Sí, sí, sí!» y, finalmente, de un estallido de música de jazz cuando comenzó el baile.

«Nos estamos haciendo viejos», dijo Daisy. «Si fuéramos jóvenes nos pondríamos de pie y bailaríamos».

«Acuérdense de Biloxi», le advirtió Jordan. «¿Dónde lo conociste, Tom?».

«¿Biloxi?». Se concentró con esfuerzo. «Yo no lo conocía. Era un amigo de Daisy».

«No lo era», negó ella. «Nunca lo había visto. Bajó en uno de los vagones alquilados».

«Bueno, dijo que te conocía. Dijo que se había criado en Louisville. Asa Bird le trajo a último momento y preguntó si teníamos sitio para él».

Jordan sonrió.

«Probablemente estaba recorriendo el camino de vuelta a casa. Me dijo que fue presidente de la clase de ustedes en Yale».

Tom y yo nos miramos sin comprender.

«¿Biloxi?».

«En primer lugar, no teníamos ningún presidente...».

El pie de Gatsby golpeaba el suelo inquieto y Tom lo miró de repente.

«Por cierto, señor Gatsby, tengo entendido que usted fue a Oxford».

«No exactamente».

«Oh, sí, tengo entendido que estudió en Oxford».

«Sí... fui allí».

Una pausa. Luego la voz de Tom, incrédula e insultante:

«Debes haber ido allí más o menos cuando Biloxi fue a New Haven».

Otra pausa. Un camarero llamó a la puerta y entró con menta triturada y hielo, pero el silencio no se vio interrumpido por su «gracias» y el suave cierre de la puerta. Este tremendo detalle iba a ser aclarado por fin.

«Te dije que había ido allí», dijo Gatsby.

«Te he oído, pero me gustaría saber cuándo».

«Fue en mil novecientos diecinueve, sólo estuve cinco meses. Por eso no puedo llamarme realmente un alumno de Oxford».

Tom miró a su alrededor para ver si reflejábamos su incredulidad. Pero todos estábamos mirando a Gatsby.

«Fue una oportunidad que dieron a algunos oficiales después del armisticio», continuó. «Podíamos ir a cualquier universidad de Inglaterra o Francia».

Quería levantarme y darle una palmada en la espalda. Tuve una de esas sensaciones renovadas de fe completa en él que había experimentado antes.

Daisy se levantó, sonriendo débilmente, y se dirigió a la mesa.

«Abre el whisky, », ordenó ella, «y te haré un julepe de menta. Así no te sentirás tan estúpido... ¡Mira la menta!».

«Espera un momento», espetó Tom, «quiero hacerle una pregunta más al señor Gatsby».

«Adelante», dijo Gatsby amablemente.

«¿Qué clase de escándalo estás tratando de causar en mi casa, de todos modos?».

Por fin estaban al descubierto y Gatsby estaba feliz.

«No está causando un escándalo», Daisy miró desesperadamente de uno a otro. «Tú estás provocando un escándalo. Por favor, contrólate un poco».

«¡Que me controle!», repitió Tom con incredulidad. «Supongo que la última moda es sentarse y dejar que el señor Nadie de Ninguna Parte le haga el amor a tu mujer. Bueno, si ésa es la idea, no cuenten conmigo... Hoy en día la gente empieza por despreciar la vida familiar y las instituciones familiares y al día siguiente tiran todo por la borda y tienen matrimonios entre blancos y negros».

Sonrojado por su apasionado galimatías, se vio solo defendiendo la última barrera de la civilización.

«Aquí todos somos blancos», murmuró Jordan.

«Sé que no soy muy popular. No doy grandes fiestas. Supongo que tienes que convertir tu casa en una pocilga para tener amigos... en el mundo moderno».

Enfadado como estaba, como todos lo estábamos, yo tenía la tentación de reír cada vez que él abría la boca. La transición de libertino a mojigato era tan completa.

«Tengo algo que decirte, viejo amigo...», comenzó Gatsby. Pero Daisy adivinó su intención.

«¡Por favor, no!», interrumpió impotente. «Por favor, vayamos todos a casa. ¿Por qué no nos vamos todos a casa?».

«Es una buena idea», me levanté. «Vamos, Tom. Nadie quiere un trago».

«Quiero saber qué tiene para decirme el señor Gatsby».

«Tu mujer no te ama», dijo Gatsby. «Ella nunca te ha amado. Me ama a mí».

«¡Debes estar loco!», exclamó Tom automáticamente.

Gatsby se puso en pie de un salto, vivo de excitación.

«Ella nunca te amó, ¿oíste?», gritó. «Sólo se casó contigo porque yo era pobre y ella estaba cansada de esperarme. Fue un terrible error, pero en su corazón nunca amó a nadie más que a mí».

En ese momento Jordan y yo intentamos irnos, pero Tom y Gatsby insistieron, cada uno con más firmeza, que nos quedáramos... como si ninguno de ellos tuviera nada que ocultar y fuera un privilegio participar indirectamente de sus emociones.

«Siéntate, Daisy», la voz de Tom buscó infructuosamente la nota paternal. «¿Qué ha pasado? Quiero oírlo todo».

«Ya te he dicho lo que ha pasado», dijo Gatsby. «Desde hace cinco años, y tú ni lo sabías».

Tom se volvió hacia Daisy bruscamente.

«¿Has estado viendo a este tipo durante cinco años?».

«No nos veíamos», dijo Gatsby. «No, no podíamos vernos. Pero los dos nos hemos querido todo ese tiempo, viejo amigo, y tú no lo sabías. A veces me reía», pero no había risa en sus ojos, «de pensar que no lo sabías».

«Oh... eso es todo». Tom golpeó sus gruesos dedos como un sacerdote y se recostó en su silla.

«¡Estás loco!», explotó. «No puedo hablar de lo que pasó hace cinco años, porque no conocía a Daisy entonces... y que me maten si veo cómo te acercaste a ella a menos que entraras por la puerta de atrás haciendo los mandados. Pero todo lo demás es una maldita mentira. Daisy me amaba cuando se casó conmigo y me sigue amando».

«No», dijo Gatsby, sacudiendo la cabeza.

«Sin embargo, lo hace. El problema es que a veces se le meten ideas tontas en la cabeza y no sabe lo que hace». Asintió sabiamente. «Y lo que es más, yo también amo a Daisy. De vez en cuando me voy de juerga y hago el ridículo, pero siempre vuelvo, y en mi corazón siempre la amo».

«Eres repugnante», dijo Daisy. Se volvió hacia mí, y su voz, bajando una octava, llenó la habitación de emocionante desprecio: «¿Sabes por qué dejamos Chicago? Me sorprende que no te hayan contado la historia de esa pequeña juerga».

Gatsby se acercó y se puso a su lado.

«Daisy, todo terminó», dijo con seriedad. «Ya no importa. Sólo tienes que decirle la verdad —que nunca le has amado— y todo se borrará para siempre».

Ella lo miró ciegamente. «¿Por qué? ¿Cómo podría... amarlo?».

«Nunca lo amaste».

Dudó. Sus ojos se posaron en Jordan y en mí con una especie de súplica, como si por fin se diera cuenta de lo que estaba haciendo, y como si nunca hubiera tenido la intención de hacer nada en absoluto. Pero ya estaba hecho. Era demasiado tarde.

«Nunca lo he amado», dijo ella, con perceptible reticencia.

«¿Ni siquiera en Kapiolani?», preguntó Tom de repente.

«No».

Desde el salón de baile de abajo, unos acordes apagados y asfixiantes subían en ondas de aire caliente.

«¿Ni siquiera aquel día que te alcé en brazos del Punch Bowl para mantener tus zapatos secos?». Había una ternura ronca en su tono... «¿Daisy?».

«Por favor, no». Su voz era fría, pero el rencor había desaparecido de ella. Miró a Gatsby. «Ya está, Jay», dijo… pero su mano, al intentar encender un cigarrillo, temblaba. De repente tiró el cigarrillo y la cerilla cayó encendida a la alfombra.

«¡Oh, quieres demasiado!», le gritó ella a Gatsby. «Ahora te amo, ¿no es suficiente? No puedo evitar lo que ha pasado». Comenzó a sollozar sin poder evitarlo. «Lo amé una vez… pero también te amé a ti».

Los ojos de Gatsby se abrieron y se cerraron.

«¿También me amaste?», repitió.

«Incluso eso es una mentira», dijo Tom salvajemente. «Ella no sabía que estabas vivo. Hay cosas entre Daisy y yo que nunca sabrás, cosas que ninguno de los dos podrá olvidar».

Las palabras parecían morder físicamente a Gatsby.

«Quiero hablar con Daisy a solas», insistió él. «Ahora está muy excitada…».

«Incluso a solas no puedo decir que nunca amé a Tom», admitió con voz lastimera. «No sería cierto».

«Por supuesto que no lo sería», coincidió Tom.

Se volvió hacia su marido.

«Como si te importara», dijo ella.

«Claro que importa. Voy a cuidar mejor de ti a partir de ahora».

«No lo entiendes», dijo Gatsby, con un toque de pánico. «Ya no vas a cuidar de ella».

«¿No lo voy a hacer?». Tom abrió mucho los ojos y se rió. Ahora podía permitirse el lujo de controlarse. «¿Por qué?».

«Daisy te va a dejar».

«Tonterías».

«Sin embargo, es sí», dijo ella con un visible esfuerzo.

«¡No me va a dejar!». Las palabras de Tom llovieron repentinamente sobre Gatsby. «Sin duda no por un vulgar estafador que tendría que robar el anillo que le ponga en el dedo».

«¡No soportaré esto!», gritó Daisy. «Oh, por favor, salgamos».

«¿Quién eres tú, de todos modos?», estalló Tom. «Eres uno de los que andan con Meyer Wolfshiem… eso sí lo sé. He hecho una pequeña investigación sobre tus asuntos y mañana continuaré con ella».

«Puedes hacer lo que quieras al respecto, viejo amigo», dijo Gatsby con firmeza.

«Descubrí lo que eran tus "drugstores"». Se volvió hacia nosotros y habló rápidamente. «Él y este Wolfshiem compraron un montón de drugstores en callejuelas aquí y en Chicago y vendieron licor de contrabando en el mostrador. Esa es una de sus pequeñas maniobras. Lo tomé por un contrabandista de alcohol la primera vez que lo vi, y no me equivoqué mucho».

«¿Y qué?», dijo Gatsby amablemente. «Supongo que Walter Chase, tu amigo, no fue tan orgulloso como para no participar en eso».

«Y lo dejaste en la estacada, ¿no? Lo dejaste ir a la cárcel por un mes en New Jersey. ¡Dios! Deberías escuchar a Walter hablar de ti».

«Vino a nosotros sin un centavo. Se alegró mucho de conseguir algo de dinero, viejo amigo».

«¡No me llames "viejo amigo"!», gritó Tom. Gatsby no dijo nada. «Walter también podría haberlo agarrado con el asunto de las apuestas, pero Wolfshiem lo asustó para que cerrara la boca».

Esa mirada desconocida pero reconocible volvió a aparecer en el rostro de Gatsby.

«Ese asunto de los drugstores era sólo unas moneditas», continuó Tom lentamente, «pero ahora tienes algo que Walter tiene miedo de contarme».

Miré a Daisy, que clavaba sus ojos, aterrada, pasando de Gatsby a su marido, y a Jordan, que había empezado a balancear un objeto invisible pero absorbente en la punta de la barbilla. Luego me volví hacia Gatsby... y me sorprendió su expresión. Parecía —y esto lo digo con todo el desprecio que tengo por las balbuceantes calumnias de su jardín— como si hubiera «matado a alguien». Por un momento la expresión de su rostro podía describirse de esa fantástica manera.

Pasó, y él comenzó a hablar animadamente con Daisy, negando todo, defendiendo su nombre contra acusaciones que no se habían hecho. Pero con cada palabra ella se replegaba más y más en sí misma, así que él renunció a eso, y sólo el sueño muerto siguió luchando mientras la tarde se deslizaba, tratando de tocar lo que ya no era tangible, luchando infelizmente, sin desesperación, dirigido a esa voz perdida al otro lado de la habitación.

La voz suplicó de nuevo que nos fuéramos.

«¡Por favor, Tom! Ya no lo soporto más».

Sus ojos asustados decían que cualquier intención, cualquier valor que hubiera tenido, había desaparecido definitivamente.

«Ustedes dos empiecen a ir a casa, Daisy», dijo Tom. «En el coche del señor Gatsby».

Ella miró a Tom, alarmada ahora, pero él insistió con magnánimo desprecio.

«Vete. No te molestará. Creo que se da cuenta de que su presuntuoso coqueteo ha terminado».

Se fueron, sin decir una palabra, arrebatados, accidentados, aislados, como fantasmas, incluso de nuestra piedad.

Después de un momento Tom se levantó y comenzó a envolver en la toalla la botella de whisky sin abrir.

«¿Quieren un poco de esto? ¿Jordan?... ¿Nick?».

No respondí.

«¿Nick?». Volvió a preguntar.

«¿Qué?».

«¿Quieres un poco?».

«No... Acabo de recordar que hoy es mi cumpleaños».

Tenía treinta años. Ante mí se extendía el camino portentoso y amenazante de una nueva década.

Eran las siete cuando subimos al cupé con él y partimos hacia Long Island. Tom hablaba sin cesar, exultante y risueño, pero su voz estaba tan alejada de Jordan y de mí como el clamor extranjero en la acera o el tumulto del tren elevado. La simpatía humana tiene sus límites, y nos contentamos con dejar que todas sus trágicas discusiones se desvanecieran, con las luces de la ciudad detrás. Treinta años: la promesa de una década de soledad, una lista cada vez más escasa de hombres solteros que conocer, un maletín cada vez más escaso de entusiasmo, un pelo cada vez más escaso. Pero allí estaba Jordan a mi lado, que, a diferencia de Daisy, era demasiado sabia como para cargar con sueños bien olvidados de una edad a otra. Cuando pasamos por el oscuro puente, su rostro pálido se posó perezosamente sobre el hombro de mi abrigo y el formidable golpe de los treinta se fue calmando con la tranquilizadora presión de su mano.

Así que nos dirigimos hacia la muerte a través del fresco crepúsculo.

El joven griego Michaelis, que manejaba la cafetería junto a los montones de cenizas, fue el principal testigo de la investigación. Había dormido con el calor hasta pasadas las cinco, cuando se acercó al garaje y encontró a George Wilson enfermo en su despacho, realmente enfermo, pálido como su propio pelo pálido y temblando sin parar. Michaelis le aconsejó que se fuera a la cama, pero Wilson se negó, diciendo que perdería dinero en el negocio si lo hacía. Mientras su vecino intentaba persuadirle, se escuchó un violento alboroto en el techo.

«Tengo a mi mujer encerrada allí arriba», explicó Wilson con calma. «Se va a quedar allí hasta pasado mañana, y luego nos iremos».

Michaelis se quedó asombrado; habían sido vecinos durante cuatro años y Wilson nunca había parecido ni remotamente capaz de semejante declaración. Por lo general, era uno de esos hombres agotados: cuando no estaba trabajando, se sentaba en una silla en la entrada y miraba a la gente y a los coches que pasaban por la calle. Cuando alguien le hablaba, se reía invariablemente de forma agradable e incolora. Él era de su mujer, no de sí mismo.

Naturalmente, Michaelis trató de averiguar lo que había sucedido, pero Wilson no dijo ni una palabra… sino que empezó a lanzar miradas curiosas y sospechosas a su visitante y a preguntarle qué había estado haciendo a ciertas horas en ciertos días. En el momento en que éste se inquietaba, pasaron por la puerta unos obreros que se dirigían a su restaurante y Michaelis aprovechó para alejarse, con la intención de volver más tarde. Pero no lo hizo. Supuso que se había olvidado, eso es todo. Cuando volvió a salir, un poco después de las siete, se acordó de la conversación porque oyó la voz de la señora Wilson, fuerte y regañona, abajo, en el garaje.

«¡Golpéame!», la oyó gritar. «¡Tírame al suelo y pégame, cobarde asqueroso!».

Un momento después, ella se precipitó en el crepúsculo, agitando las manos y gritando; antes de que él pudiera moverse de su puerta, el asunto había terminado.

El «coche de la muerte», como lo llamaban los periódicos, no se detuvo; salió de la creciente oscuridad, vaciló trágicamente por un momento y luego desapareció en la siguiente curva. Mavro Michaelis ni siquiera estaba seguro de su color: le dijo al primer policía que era verde claro. El otro coche, el que iba en dirección a New York, se detuvo un centenar de metros más allá, y su conductor se apresuró a volver al lugar donde Myrtle Wilson, con su vida violentamente extinta, se arrodillaba en la carretera y mezclaba su espesa sangre oscura con el polvo.

Michaelis y este hombre llegaron primero a ella, pero cuando le abrieron la cintura de la camisa, todavía húmeda de sudor, vieron que el pecho izquierdo se balanceaba suelto como un colgajo, y no hubo necesidad de escuchar el corazón que había debajo. La boca estaba muy abierta y se rasgaba un poco en las comisuras, como si se hubiera atragantado un poco al entregar la tremenda vitalidad que había almacenado durante tanto tiempo.

Vimos los tres o cuatro automóviles y la multitud cuando aún estábamos a cierta distancia.

«Un accidente», dijo Tom. «Eso es bueno. Wilson tendrá por fin un poco de trabajo».

Aminoró la marcha, pero todavía sin intención de detenerse, hasta que, al acercarnos, los rostros callados y concentrados de la gente en la puerta del garaje le hicieron pisar automáticamente el freno.

«Vamos a echar un vistazo», dijo dubitativo, «sólo un vistazo».

Ahora me di cuenta de un sonido sordo y ululante que venía incesantemente del garaje, un sonido que cuando salimos del cupé y nos dirigimos a la puerta se convirtió en las palabras «¡Oh, Dios mío!», pronunciadas una y otra vez en un estertor jadeante.

«Hay un problema grave aquí», dijo Tom con entusiasmo.

Se puso de puntillas y miró por encima de un círculo de cabezas hacia el garaje, que sólo estaba iluminado por una luz amarilla en un cesto metálico oscilante en lo alto. Luego emitió un sonido áspero en su garganta y, con un violento movimiento de empuje de sus poderosos brazos, se abrió paso.

El círculo se cerró de nuevo con un murmullo de protesta; pasó un minuto antes de que yo pudiera ver algo. Entonces, la llegada de nuevas personas desordenó la fila, y Jordan y yo fuimos empujados repentinamente hacia el interior.

El cuerpo de Myrtle Wilson, envuelto en una manta y luego en otra, como si tuviera frío en la calurosa noche, yacía en una mesa de trabajo junto a la pared, y Tom, de espaldas a nosotros, estaba inclinado sobre ella, inmóvil. A su lado había un policía motorizado que anotaba los nombres con mucho sudor y corrección en un pequeño libro. Al principio no pude encontrar el origen de las palabras y los gemidos que resonaban clamorosamente por el garaje desnudo; entonces vi a Wilson de pie en el umbral de su despacho, sobre el único escalón, balanceándose de un lado a otro y agarrándose a los postes de la puerta con ambas manos. Alguien le hablaba en voz baja e intentaba, de vez en cuando, ponerle la mano en el hombro, pero Wilson ni oía ni veía. Sus ojos bajaban lentamente de la luz oscilante a la mesa y su carga junto a la pared, y luego volvían a la luz de nuevo, y emitía incesantemente su llamado, agudo y horrible:

«¡Oh, mi Dios! ¡Oh, mi Dios! ¡Oh, Dios mío! Oh, mi Dios!».

En ese momento, Tom levantó la cabeza con una sacudida y, después de mirar alrededor del garaje con ojos vidriosos, dirigió un comentario incoherente y entre dientes al policía.

«M-a-v-», decía el policía, «-o-».

«No, r-», corrigió la otra persona, «M-a-v-r-o-».

«¡Escúchame!», murmuró Tom con fiereza.

«r-», decía el policía, «o-».

«g-».

«g-». Levantó la vista cuando la ancha mano de Tom cayó bruscamente sobre su hombro. «¿Qué quieres, amigo?».

«¿Qué pasó? Eso es lo que quiero saber».

«El auto la golpeó. Murió instantáneamente».

«Murió instantáneamente», repitió Tom, mirando fijamente.

«Ella salió corriendo a la carretera. El hijo de puta ni siquiera paró el coche».

«Había dos coches», dijo Michaelis, «uno que iba y otro que venía, ¿entiendes?».

«¿Adónde iban?», preguntó el policía con interés.

«Uno iba en cada dirección. Bueno, ella...», su mano se levantó hacia las mantas, pero se detuvo a mitad de camino y cayó a su lado, «corrió hacia allá y el que venía de New York la golpeó, iba a treinta o cuarenta millas por hora».

«¿Cómo se llama este lugar?», preguntó el oficial.

«No tiene ningún nombre».

Un negro pálido y bien vestido se acercó.

«Era un coche amarillo», dijo, «un gran coche amarillo. Nuevo».

«¿Viste el accidente?», preguntó el policía.

«No, pero el coche me pasó por la carretera, yendo a más de cuarenta. Iba a cincuenta, sesenta».

«Ven aquí y danos tu nombre. Silencio. Quiero saber tu nombre».

Algunas palabras de esta conversación debieron llegar a Wilson, que se balanceaba en la puerta de la oficina, porque de repente un nuevo tema encontró voz entre sus gritos de agobio:

«¡No tienes que decirme qué tipo de coche era! Ya sé qué tipo de coche era».

Observando a Tom, vi que el fajo de músculos de su espalda se tensaba bajo el abrigo. Se acercó rápidamente a Wilson y, poniéndose frente a él, lo agarró con firmeza por la parte superior de los brazos.

«Tienes que recuperar la compostura», dijo con una brusquedad tranquilizadora.

Los ojos de Wilson se posaron sobre Tom; se puso de puntillas y luego habría caído de rodillas si Tom no lo hubiera sostenido.

«Escucha», dijo Tom, sacudiéndolo un poco. «Acabo de llegar aquí hace un minuto, desde New York. Te traía ese cupé del que hemos estado hablando. El coche amarillo que conducía esta tarde no era el mío... ¿me oyes? No lo he visto en toda la tarde».

Sólo el negro y yo estábamos lo suficientemente cerca como para oír lo que decía, pero el policía captó algo en el tono y miró con ojos truculentos.

«¿Qué es todo eso?», preguntó.

«Soy un amigo suyo». Tom giró la cabeza pero mantuvo sus manos firmes sobre el cuerpo de Wilson. «Dice que conoce el coche que lo hizo... Era un coche amarillo».

Algún tenue instinto guió al policía a mirar con suspicacia a Tom.

«¿Y de qué color es su coche?».

«Es un coche azul, un coupé».

«Venimos directamente de New York», dije.

Alguien que venía conduciendo un poco detrás de nosotros lo confirmó, y el policía se apartó.

«Ahora, si me permite tomar nota de ese nombre de nuevo, correctamente...».

Levantando a Wilson como a un muñeco, Tom lo llevó a la oficina, lo dejó en una silla y regresó.

«Si alguien viene aquí y se sienta con él...», espetó con autoridad. Observó mientras los dos hombres que estaban más cerca se miraban entre sí y entraban de mala gana en la habitación. Entonces Tom cerró la puerta tras ellos y bajó el único escalón, evitando mirar hacia la mesa. Al pasar cerca de mí, susurró: «Vámonos de aquí».

Un poco aturdidos, con sus brazos autoritarios abriendo el camino, nos abrimos paso entre la multitud que aún se reunía, pasando por delante de un médico apresurado, con un maletín en la mano, que había sido enviado a buscar, con una esperanza descabellada, hacía media hora.

Tom condujo despacio hasta que pasamos la curva; entonces pisó a fondo el acelerador y el cupé fue lanzado a través de la noche. Al poco rato oí un sollozo ronco y vi que las lágrimas se desbordaban por su rostro.

«¡El maldito cobarde!», gimió. «Ni siquiera detuvo su coche».

La casa de los Buchanan flotó de repente hacia nosotros a través del rumor y la oscuridad de los árboles. Tom se detuvo junto al porche y miró hacia el segundo piso, donde dos ventanas se abrían con su luz entre las enredaderas.

«Daisy está en casa», dijo. Mientras bajábamos del coche me miró y frunció ligeramente el ceño.

«Debería haberte dejado en West Egg, Nick. No podemos hacer nada esta noche».

Se había producido un cambio en él y hablaba con seriedad y decisión. Mientras caminábamos por la grava a la luz de la luna hasta el porche, resolvió la situación con unas pocas frases enérgicas.

«Llamaré por teléfono a un taxi para que te lleve a casa, y mientras esperas será mejor que tú y Jordan vayan a la cocina para que les traigan algo de cenar... si es que quieren...». Abrió la puerta. «Entren».

«No, gracias. Pero te agradecería que me pidieras el taxi. Esperaré fuera».

Jordan me puso la mano en el brazo.

«¿No vas a entrar, Nick?».

«No, gracias».

Me sentía un poco mal y quería estar solo. Pero Jordan se quedó un momento más.

«Sólo son las nueve y media», dijo.

Que me condenen si entro; ya había tenido suficiente de todos ellos ese día, y de repente eso incluía también a Jordan. Ella debió de ver algo de esto en mi expresión porque se dio la vuelta bruscamente y subió corriendo los escalones del porche hasta la casa. Me senté durante unos minutos con la cabeza entre las manos, hasta que oí que dentro cogían el teléfono y la voz del mayordomo llamaba a un taxi. Entonces bajé lentamente por el camino de la casa, con la intención de esperar junto a la puerta.

No había avanzado ni veinte metros cuando oí mi nombre y

Gatsby salió de entre dos arbustos hacia el camino. Debía de sentirme muy raro en ese momento porque no podía pensar en nada más que en la luminosidad de su traje rosa bajo la luna.

«¿Qué estás haciendo?», pregunté.

«Sólo estoy aquí, viejo amigo».

De alguna manera, eso parecía una ocupación despreciable. Por mi parte parecía que iba a robar la casa de un momento a otro; no me habría sorprendido ver rostros siniestros, los rostros de «la gente de Wolfshiem», detrás de él, en la oscuridad de los arbustos.

«¿Vieron algún problema en el camino?», preguntó después de un minuto.

«Sí».

Dudó.

«¿Está muerta?».

«Sí».

«Eso pensé; le dije a Daisy que eso era lo que pensaba. Es mejor que el golpe llegue de una sola vez. Ella lo soportó bastante bien».

Hablaba como si la reacción de Daisy fuera lo único que importaba.

«Llegué a West Egg por un camino lateral», continuó, «y dejé el coche en mi garaje. Creo que nadie nos vio, pero por supuesto no puedo estar seguro».

A estas alturas me caía tan mal que no me pareció necesario decirle que estaba equivocado.

«¿Quién era la mujer?», pregunté.

«Se llamaba Wilson. Su marido es el dueño del garaje. ¿Cómo diablos sucedió?».

«Bueno, intenté girar el volante...». Se interrumpió, y de repente adiviné la verdad.

«¿Conducía Daisy?».

«Sí», dijo después de un momento, «pero por supuesto diré que yo conducía. Verás, cuando salimos de New York ella estaba muy nerviosa y pensó que la tranquilizaría conducir... y esta mujer se abalanzó sobre nosotros justo cuando pasábamos por delante de un coche que venía en sentido contrario. Todo sucedió en un minuto, pero me pareció que ella quería hablar con nosotros, pensó que éramos alguien que ella conocía. Bueno, primero Daisy se apartó de la mujer hacia el otro coche, y luego perdió los nervios y se volvió. En el momento en que mi mano alcanzó el volante, sentí el impacto... debió de matarla al instante».

«La abrió de par en par...».

«No me lo digas, viejo amigo». Hizo una mueca de dolor. «De todos modos, Daisy aceleró. Traté de convencerla que se detuviera, pero no podía, así que tiré del freno de emergencia. Entonces ella cayó en mi regazo y yo seguí conduciendo».

«Ella estará bien mañana», agregó inmediatamente. «Voy a esperar aquí y ver si él trata de molestarla por el disgusto de esta tarde. Ella se ha encerrado en su habitación, y si él intenta cualquier brutalidad, ella apagará la luz y la encenderá de nuevo».

«No la tocará», dije. «No está pensando en ella».

«No confío en él, viejo amigo».

«¿Cuánto tiempo vas a esperar?».

«Toda la noche, si es necesario. En cualquier caso, hasta que todos se vayan a la cama».

Se me ocurrió un nuevo punto de vista. Supongamos que Tom descubriera que Daisy había estado conduciendo. Podría pensar que vio una conexión en ello; podría pensar cualquier cosa. Miré la casa; había dos o tres ventanas brillantes en la planta baja y el resplandor rosado de la habitación de Daisy en la planta alta.

«Espera aquí», dije. «Veré si hay alguna señal de conmoción».

Volví caminando por el borde del césped, atravesé la grava suavemente y subí de puntillas los escalones de la veranda. Las cortinas del salón estaban abiertas y vi que la habitación estaba vacía. Cruzando el porche donde habíamos cenado aquella noche de junio, tres meses atrás, llegué a un pequeño rectángulo de luz que supuse era la ventana de la antecocina. La persiana estaba baja, pero encontré una grieta en el marco.

Daisy y Tom estaban sentados uno frente al otro en la mesa de la cocina, con un plato de pollo frito, frío, entre ellos y dos botellas de cerveza. Él hablaba atentamente con ella al otro lado de la mesa y, en su seriedad, su mano había caído sobre la de ella y la cubría. De vez en cuando, ella le miraba y asentía con la cabeza.

No eran felices, y ninguno de ellos había tocado el pollo o la cerveza... pero tampoco eran infelices. Había un inconfundible aire de intimidad natural en la imagen, y cualquiera habría dicho que estaban conspirando juntos.

Cuando salí del porche de puntillas, oí que mi taxi se abría paso por el oscuro camino hacia la casa. Gatsby estaba esperando donde lo había dejado en la entrada.

«¿Está todo tranquilo ahí arriba?», preguntó ansioso.

«Sí, está todo tranquilo». Dudé. «Será mejor que vuelvas a casa y duermas un poco».

Él negó con la cabeza.

«Quiero esperar aquí hasta que Daisy se acueste. Buenas noches, viejo amigo».

Se metió las manos en los bolsillos del abrigo y volvió con celo a su escrutinio de la casa, como si mi presencia estropeara lo sagrado de la vigilia. Así que me alejé y le dejé allí, a la luz de la luna... vigilando la nada.

VIII

No pude dormir en toda la noche; una sirena de niebla gemía incesantemente en el Sound, y yo daba vueltas entre la grotesca realidad y los sueños salvajes y aterradores. Hacia el amanecer oí que un taxi subía por el camino de Gatsby e inmediatamente salté de la cama y empecé a vestirme; sentía que tenía algo que decirle, algo que advertirle, y por la mañana sería demasiado tarde.

Al cruzar su jardín, vi que la puerta de su casa seguía abierta y que él estaba apoyado en una mesa del vestíbulo, agobiado por el abatimiento o el sueño.

«No pasó nada», dijo con desgana. «Esperé, y a eso de las cuatro ella se acercó a la ventana y se quedó allí un minuto y luego apagó la luz».

Su casa nunca me había parecido tan enorme como aquella noche, cuando estábamos buscando cigarrillos en las grandes habitaciones. Apartamos las cortinas que parecían pabellones, y palpamos innumerables metros de pared oscura en busca de interruptores de luz eléctrica; una vez caí con una especie de chapoteo sobre las teclas de un piano fantasma. Había una cantidad inexplicable de polvo por todas partes, y las habitaciones estaban mohosas, como si no hubieran sido ventiladas por muchos días. Encontré el estuche del tabaco en una mesa desconocida, con dos cigarrillos rancios y secos dentro. Abrimos las ventanas francesas del salón y nos sentamos a fumar en la oscuridad.

«Deberías irte», dije. «Es casi seguro que rastrearán tu coche».

«¿Irme justo ahora, viejo amigo?».

«Ve a Atlantic City por una semana, o a Montreal».

Ni siquiera lo iba a considerar. No podía dejar a Daisy hasta saber qué iba a hacer ella. Se aferraba a una última esperanza y yo no me sentía capaz de liberarlo.

Fue esta noche cuando me contó la extraña historia de su juventud con Dan Cody; me la contó porque «Jay Gatsby» se había roto como un cristal contra la dura malicia de Tom, y la larga extravagancia secreta había terminado. Creo que ahora él habría admitido lo que sea, sin reservas, pero quería hablar de Daisy.

Era la primera chica «agradable» que había conocido. En diversas funciones, de las que no me contó, había estado en contacto con personas de ese tipo, pero siempre con un indisimulable alambre de púas de por medio. Para él ella era arrebatadoramente deseable. Fue a su casa, al principio con otros oficiales de Camp Taylor, luego solo. Le sorprendió: nunca había estado en una casa tan hermosa. Pero lo que le daba un aire de intensidad sin precedentes era que Daisy vivía allí; era algo tan casual para ella como su tienda en el campamento lo era para él. Había un misterio profundo en ella, un indicio de dormitorios en el piso de arriba más hermosos y frescos que otros dormitorios, de actividades alegres y radiantes que se desarrollaban en sus pasillos, y de romances que no eran rancios, guardado entre la lavanda, sino frescos, respiraban y olían a los brillantes coches de este año y a bailes cuyas flores apenas se habían marchitado. También le excitaba el hecho de que muchos hombres ya hubieran amado a Daisy... lo que aumentaba su valor a sus ojos. Sentía su presencia en toda la casa, impregnando el aire con los matices y los ecos de emociones todavía vibrantes.

Pero sabía que estaba en la casa de Daisy por un colosal accidente. Por muy glorioso que fuera su futuro como Jay Gatsby, en ese momento era un joven sin dinero y sin pasado, y en cualquier momento la capa invisible que era su uniforme podría resbalar de sus hombros. Así que aprovechó al máximo su tiempo. Tomó lo que pudo, vorazmente y sin escrúpulos; y, finalmente, tomó a Daisy una noche de octubre, la tomó porque no tenía ningún derecho a tocar su mano.

Podría haberse despreciado a sí mismo, porque ciertamente la había tomado bajo falsos pretextos. No quiero decir que hubiera comerciado con sus fantasmales millones, sino que había dado deliberadamente a Daisy una sensación de seguridad; le hizo creer que era una persona de un estrato muy parecido al suyo, que era plenamente capaz de cuidar de ella. En realidad, no tenía tales facilidades: no tenía una familia acomodada que lo sostuviera, y estaba expuesto al capricho de un gobierno impersonal para ser enviado a cualquier parte del mundo.

Pero no se despreció a sí mismo y las cosas no sucedieron como él había imaginado. Había tenido la intención, probablemente, de coger lo que pudiera e irse, pero ahora se dio cuenta de que se había comprometido a seguir un grial. Sabía que Daisy era extraordinaria, pero no se había dado cuenta de lo extraordinaria que podía ser una chica «agradable». Ella desapareció en su rica casa, en su rica y plena vida, dejando a Gatsby... sin nada. Él se sentía casado con ella, eso era todo.

Cuando se volvieron a encontrar, dos días después, fue Gatsby quien se quedó sin aliento, quien se sintió, de alguna manera, traicionado. El porche de ella brillaba con el lujo recién comprado que era la luz de las estrellas; el mimbre del sofá chirriaba a la moda cuando ella se volvió hacia él y él besó su curiosa y encantadora boca. Ella había cogido un resfriado, y eso hacía que su voz fuera más ronca y encantadora que nunca, y Gatsby era abrumadoramente consciente de la juventud y el misterio que la riqueza aprisiona y conserva, de la frescura de muchas ropas, y de Daisy, reluciente como la plata, segura y orgullosa por encima de las ardientes luchas de los pobres.

«No puedo describirte lo sorprendido que me quedé al descubrir que la amaba, viejo amigo. Incluso esperé durante un tiempo que me echara, pero no lo hizo, porque ella también estaba enamorada de mí. Pensaba que yo sabía mucho porque sabía cosas diferentes de las que ella sabía... Pues bien, ahí estaba yo, muy lejos de mis ambiciones, enamorándome más a cada minuto, y de repente me daba igual. ¿De qué servía hacer grandes cosas si podía pasarlo mejor diciéndole a ella lo que iba a hacer?».

La última tarde antes de irse al extranjero, se sentó con Daisy en sus brazos durante un largo y silencioso tiempo. Era un día frío de otoño, con fuego en la habitación y las mejillas de ella se sonrojaron. De vez en cuando ella se movía y él cambiaba un poco de posición el brazo, y una vez él besó su pelo oscuro y brillante. La tarde los había tranquilizado por un rato, como para darles un recuerdo profundo de la larga separación que prometía el día siguiente. Nunca habían estado más cerca en su mes de amor, ni habían comunicado más profundamente el uno con el otro, que cuando ella rozaba con sus labios silenciosos el hombro de su abrigo o cuando él tocaba la punta de sus dedos, suavemente, como si estuviera dormida.

Le fue extraordinariamente bien en la guerra. Fue capitán antes de ir al frente y tras las batallas de Argonne se convirtió en mayor y quedó a cargo de las ametralladoras de la división. Tras el armisticio intentó frenéticamente volver a casa, pero alguna complicación o malentendido lo envió a Oxford. Ahora estaba preocupado; había una cualidad de desesperación nerviosa en las cartas de Daisy. Ella no entendía por qué él no podía venir ahora. Ella sentía la presión del mundo exterior, y quería verlo y sentir su presencia a su lado y estar segura de que estaba haciendo lo correcto después de todo.

Porque Daisy era joven y su mundo artificial estaba impregnado de orquídeas y de un agradable y alegre esnobismo, y de orquestas que marcaban el ritmo del año, resumiendo la tristeza y la sugestión de la vida en nuevas melodías. Toda la noche los saxofones gemían el comentario desesperado del «Beale Street Blues» mientras cien pares de zapatillas doradas y plateadas revolvían el polvo brillante. A la hora gris del té siempre había habitaciones que palpitaban incesantemente con esta baja y dulce fiebre, mientras que rostros frescos se desplazaban aquí y allá como pétalos de rosa soplados por los tristes instrumentos sobre la pista.

A través de este universo crepuscular, Daisy empezó a moverse nuevamente cuando empezó la temporada; de repente, volvía a tener media docena de citas al día con media docena de hombres, y se dormía al amanecer con los abalorios y la gasa de un vestido de noche enredados entre orquídeas moribundas en el suelo, junto a su cama. Y todo el tiempo algo dentro de ella clamaba por una decisión. Ahora quería que su vida tuviera un molde, inmediatamente, y la decisión debía ser tomada por alguna fuerza externa —el amor, el dinero, la incuestionable practicidad— que estuviera a mano.

Esa fuerza tomó forma en plena primavera con la llegada de Tom Buchanan. Su persona y su posición tenían un volumen sólido, y Daisy se sintió halagada. Sin duda, hubo una cierta lucha y un cierto alivio. La carta llegó a Gatsby cuando todavía estaba en Oxford.

Amanecía ahora en Long Island y empezamos a abrir el resto de las ventanas de la planta baja, llenando la casa de una luz que se tornaba gris y dorada. La sombra de un árbol cayó bruscamente sobre el rocío y unos pájaros fantasma comenzaron a cantar entre las hojas azules. Había un movimiento lento y agradable en el aire, apenas una brisa, que prometía un día fresco y encantador.

«No creo que ella lo haya amado nunca». Gatsby se volvió desde una ventana y me miró desafiante. «Recuerda, viejo amigo, que ella estaba muy excitada esta tarde. Él le dijo esas cosas de una manera que la asustó... que hizo que pareciera que yo era una especie de estafador barato. Y el resultado fue que ella apenas sabía lo que estaba diciendo».

Se sentó abatido.

«Por supuesto que ella pudo haberlo amado sólo por un minuto, cuando se casaron... pero luego me amó más aún, ¿me entiendes?».

De repente salió con un comentario curioso.

«En cualquier caso», dijo, «era sólo personal».

¿Qué podía uno pensar de eso, excepto sospechar que había una intensidad en su concepción del asunto que no podía medirse?

Volvió de Francia cuando Tom y Daisy aún estaban en su luna de miel, e hizo un miserable pero irresistible viaje a Louisville con lo último que le quedaba de la paga del ejército. Permaneció allí una semana, recorriendo las calles donde sus pasos habían resonado en la noche de noviembre y volviendo a visitar los lugares recónditos a los que habían ido en el coche blanco de ella. Al igual que la casa de Daisy siempre le había parecido más misteriosa y alegre que otras casas, su idea de la ciudad en sí, a pesar de que ella se había ido, estaba impregnada de una belleza melancólica.

Se marchó con la sensación de que si hubiera buscado más a fondo podría haberla encontrado... de que la estaba dejando atrás. Hacía calor en el tren más barato —ya no tenía dinero. Salió a la plataforma abierta y se sentó en un asiento plegable, y la estación se alejó y las espaldas de edificios desconocidos se movieron. Luego llegó a los campos primaverales, donde un tranvía amarillo se les puso a la par durante un minuto, con gente en él que podría haber visto alguna vez la pálida magia del rostro de ella en una calle cualquiera.

La pista se curvaba y ahora se alejaba del sol, que, al bajar, parecía extenderse como una bendición sobre la ciudad que se desvanecía y en la que ella había respirado. Extendió la mano desesperadamente, como si quisiera arrebatar una brizna de aire, para salvar un fragmento del lugar que ella había hecho encantador para él. Pero todo pasaba demasiado rápido para sus ojos borrosos y sabía que había perdido ese fragmento, el más fresco y el mejor, para siempre.

Eran las nueve cuando terminamos de desayunar y salimos al porche. El tiempo había cambiado mucho durante la noche y había un aroma otoñal en el aire. El jardinero, el último de los antiguos sirvientes de Gatsby, se llegó al pie de la escalinata.

«Hoy voy a vaciar la piscina, señor Gatsby. Las hojas empezarán a caer muy pronto y siempre causan problemas con las tuberías».

«No lo hagas hoy», respondió Gatsby. Se volvió hacia mí disculpándose. «¿Sabes, viejo amigo, que no he usado la piscina en todo el verano?».

Yo miré mi reloj y me puse de pie.

«Doce minutos para que llegue mi tren».

No quería ir a la ciudad. No estaba en condiciones para trabajar decentemente pero aparte de eso: no quería dejar solo a Gatsby. Perdí ese tren, y luego otro, antes de irme.

«Te llamaré», dije finalmente.

«Hazlo, viejo amigo».

«Te llamaré a eso del mediodía».

Bajamos lentamente los escalones.

«Supongo que Daisy también llamará». Me miró con ansiedad, como si esperara que yo lo corroborara.

«Supongo que sí».

«Bueno, adiós».

Nos dimos la mano y me puse en marcha. Justo antes de llegar al seto recordé algo y me di la vuelta.

«Son una pandilla podrida», grité a través del césped. «Tú solo vales más que todos ellos juntos».

Siempre me he alegrado de haber dicho eso. Fue el único cumplido que le hice, porque lo desaprobaba de principio a fin. Primero asintió cortésmente con la cabeza, y luego su rostro se convirtió en esa sonrisa radiante y comprensiva tan propia de él, como si hubiéramos estado en connivencia extática sobre ese hecho todo el tiempo. Su precioso traje rosa era un punto de color brillante contra los escalones blancos, y yo recordé la noche en que llegué a su casa ancestral por primera vez, tres meses antes. El césped y el camino de entrada se habían llenado de rostros de aquellos que adivinaban su corrupción... y él se había quedado en aquellos escalones, ocultando su sueño incorruptible, mientras les decía adiós.

Le agradecí por su hospitalidad. Siempre se lo agradecíamos... yo y los demás.

«Adiós», dije. «He disfrutado del desayuno, Gatsby».

En la ciudad, intenté durante un rato cotizar una interminable cantidad de acciones y luego me quedé dormido en mi silla giratoria. Justo antes del mediodía me despertó el teléfono, el sudor brotaba sobre mi frente. Era Jordan Baker; a menudo me llamaba a esa hora porque la incertidumbre de sus movimientos entre hoteles y clubes y casas particulares hacía difícil encontrarnos de otra manera. Por lo general, su voz llegaba a través de la línea como algo fresco y agradable, como si un puñado de césped del campo de golf hubiera entrado por la ventana de la oficina, pero esta mañana se sentía áspera y seca.

«He dejado la casa de Daisy», dijo. «Estoy en Hempstead, y voy a bajar a Southampton esta tarde».

Probablemente era sensato haber dejado la casa de Daisy, pero el acto me molestó, y su siguiente comentario me erizó.

«No fuiste tan amable conmigo anoche».

«¿Qué importancia tenía eso anoche?».

Silencio por un momento. Luego:

«Sin embargo... quiero verte».

«Yo también quiero verte».

«¿Supongamos que no voy a Southampton y vengo a la ciudad esta tarde?».

«No... no creo que esta tarde...».

«Muy bien».

«Es imposible esta tarde. Varios...».

Hablamos así durante un rato, y luego, abruptamente, dejamos de hablar. No sé quién de los dos colgó con un fuerte chasquido, pero sé que no me importó. No podría haber hablado con ella al otro lado de una mesa de té aquel día aún si eso implicaba que no volviera a hablar con ella nunca más.

Llamé a la casa de Gatsby unos minutos después, pero la línea estaba ocupada. Lo intenté cuatro veces; finalmente, una operadora desesperada me dijo que la línea se mantenía abierta para larga distancia desde Detroit. Sacando mi horario, dibujé un pequeño círculo alrededor del tren de las tres y cincuenta. Luego me recosté en mi silla y traté de pensar. Apenas si eran las doce.

Cuando pasé por delante de los montones de ceniza en el tren aquella mañana, crucé deliberadamente al otro lado del vagón. Supuse que habría una multitud curiosa alrededor de allí todo el día, con niños pequeños buscando manchas oscuras en el polvo, y algún hombre gárrulo contando una y otra vez lo que había sucedido, hasta que se volviera cada vez menos real incluso para él y no pudiera contarlo más, y la trágica hazaña de Myrtle Wilson se olvidara. Ahora quiero retroceder un poco y contar lo que ocurrió en el garaje después de que nos fuéramos de allí la noche anterior.

Tuvieron dificultades para localizar a la hermana, Catherine.

Esa noche debe de haber roto su norma de no beber, pues cuando llegó estaba atontada por el licor y era incapaz de comprender que la ambulancia ya había ido a Flushing. Cuando la convencieron de ello, se desmayó inmediatamente, como si eso fuera lo intolerable del asunto. Alguien, bondadoso o curioso, la llevó en su coche y la condujo tras el cadáver de su hermana.

Hasta mucho después de la medianoche, una multitud cambiante se arremolinaba contra la fachada del garaje, mientras George Wilson se mecía adentro, de un lado a otro, en el sofá. Durante un rato, la puerta de la oficina estuvo abierta, y todo el que entraba en el garaje echaba una mirada irresistible a través de ella. Finalmente alguien dijo que era una vergüenza, y cerró la puerta. Michaelis y varios otros hombres estaban con él; primero, cuatro o cinco hombres, más tarde dos o tres. Aún más tarde, Michaelis tuvo que pedir al último desconocido que esperara unos quince minutos más, mientras él volvía a su casa y preparaba una cafetera. Se quedó allí solo con Wilson hasta el amanecer.

Alrededor de las tres, la calidad del incoherente murmullo de Wilson cambió: se fue calmando y empezó a hablar del coche amarillo. Anunció que tenía una forma de averiguar a quién pertenecía el coche amarillo y entonces confesó que un par de meses atrás su mujer había llegado de la ciudad con la cara magullada y la nariz hinchada.

Pero cuando se oyó a sí mismo decir esto, se estremeció y comenzó a gritar «¡Oh, Dios mío!» de nuevo con su voz quejumbrosa. Michaelis hizo un torpe intento de distraerlo.

«¿Cuánto tiempo llevan casados, George? Vamos, intenta quedarte quieto un minuto y responde a mi pregunta. ¿Cuánto tiempo llevan casados?».

«Doce años».

«¿Alguna vez tuvieron hijos? Vamos, George, siéntate… te he hecho una pregunta. ¿Alguna vez tuvieron hijos?».

Los duros escarabajos marrones seguían repiqueteando contra la débil luz eléctrica, y cada vez que Michaelis oía que un coche recorría la carretera le sonaba como el coche que no había parado unas horas antes. No le gustaba entrar en el garaje, porque el banco de trabajo, donde había estado tendido el cadáver, estaba manchado así que se movía incómodo por el despacho —conocía todos los objetos que había en él antes de la mañana— y de vez en cuando se sentaba junto a Wilson para intentar que estuviera más tranquilo.

«¿Tienes una iglesia a la que vas a veces, George? ¿Quizás aunque no hayas ido durante mucho tiempo? Tal vez podría llamar a la iglesia y conseguir que un sacerdote venga y pueda hablar contigo, ¿qué te parece?».

«No pertenezco a ninguna».

«Deberías tener una iglesia, George, para momentos como este. Debes haber ido a la iglesia alguna vez. ¿No te casaste en una iglesia? Escucha, George, escúchame. ¿No te casaste en una iglesia?».

«Eso fue hace mucho tiempo».

El esfuerzo de responder rompió el ritmo de su balanceo; por un momento se quedó en silencio. Luego, la misma mirada medio sabia, medio desconcertada, volvió a sus ojos descoloridos.

«Mira en ese cajón», dijo señalando el escritorio.

«¿Qué cajón?».

«Ese cajón... ese».

Michaelis abrió el cajón más cercano a su mano. En él no había nada más que una pequeña y costosa correa para perros, hecha de cuero y plata trenzada. Aparentemente era nueva.

«¿Esto?», preguntó, sosteniéndola.

Wilson se quedó mirando y asintió.

«Lo encontré ayer por la tarde. Ella intentó hablarme de eso, pero supe que era algo raro».

«¿Quiere decir que tu esposa la compró?».

«Lo tenía envuelto en papel de seda en su tocador».

Michaelis no vio nada raro en eso, y le dio a Wilson una docena de razones por las que su esposa podría haber comprado la correa para el perro. Pero es de suponer que Wilson ya había oído algunas de esas mismas explicaciones antes, de boca de Myrtle, porque empezó a decir «¡Oh, Dios mío!» de nuevo en un susurro; su amigo que lo consolaba dejó varias explicaciones en el aire.

«Entonces la mató», dijo Wilson. Se quedó con la boca abierta de repente.

«¿Quién lo hizo?».

«Tengo una forma de averiguarlo».

«Eres morboso, George», dijo su amigo. «Esto ha sido causa de tensión para ti y no sabes lo que dices. Será mejor que intentes estar tranquilo hasta mañana».

«Él la asesinó».

«Fue un accidente, George».

Wilson sacudió la cabeza. Sus ojos se entrecerraron y su boca se ensanchó ligeramente con el fantasma de un «¡Hm!», manifestando superioridad.

«Lo sé», dijo definitivamente. «Soy uno de esos tipos confiados y no pienso mal de nadie, pero cuando sé una cosa la sé. Fue el hombre del coche. Ella salió corriendo para hablar con él y él no se detuvo».

Michaelis también había visto esto, pero no se le había ocurrido que hubiera ningún significado especial en ello. Creía que la señora Wilson había estado huyendo de su marido y no tratando de detener algún coche en particular.

«¿Cómo pudo haber hecho eso?».

«Ella es lista», dijo Wilson, como si eso respondiera a la pregunta. «Ah-h-h-».

Comenzó a mecerse de nuevo, y Michaelis se puso de pie retorciendo la correa en su mano.

«¿Tal vez tengas algún amigo al que pueda llamar por teléfono, George?».

Era una esperanza vana; estaba casi seguro de que Wilson no tenía ningún amigo: no había suficiente de él para su mujer. Se alegró un poco más tarde cuando notó un cambio en la habitación, un azul creciente en la ventana, y se dio cuenta de que el amanecer no estaba lejos. A eso de las cinco estaba lo suficientemente azul afuera como para apagar la luz.

Los ojos vidriosos de Wilson se volvieron hacia los montones de ceniza, donde pequeñas nubes grises adoptaban formas fantásticas y se escurrían aquí y allá en el débil viento del amanecer.

«Hablé con ella», murmuró después de un largo silencio. «Le dije que podía engañarme a mí, pero que no podía engañar a Dios. La llevé a la ventana...» —con un esfuerzo se levantó y caminó hacia la ventana trasera y se apoyó con la cara pegada a ella— «y le dije: "Dios sabe lo que has estado haciendo, todo lo que has estado haciendo. Puedes engañarme a mí, pero no puedes engañar a Dios"».

De pie detrás de él, Michaelis vio con sobresalto que estaba mirando los ojos del doctor T. J. Eckleburg, que acababan de emerger, pálidos y enormes, de la noche que se disolvía.

«Dios lo ve todo», repitió Wilson.

«Eso es un anuncio», le aseguró Michaelis. Algo le hizo apartarse de la ventana y volver a mirar hacia la habitación. Pero Wilson permaneció allí mucho tiempo, con la cara pegada al cristal de la ventana, asintiendo en el crepúsculo.

A las seis, Michaelis estaba agotado, y agradeció al oír el sonido de un coche que se detenía fuera. Era uno de los curiosos de la noche anterior que había prometido volver, así que preparó un desayuno para tres, que él y el otro comieron juntos. Wilson estaba ahora más tranquilo, y Michaelis se fue a casa a dormir; cuando se despertó, cuatro horas más tarde, y se apresuró a volver al garaje, Wilson se había ido.

Sus movimientos —estuvo de pie todo el tiempo— fueron rastreados después hasta Port Roosevelt y luego hasta Gad's Hill, donde compró un sándwich que no comió, y una taza de café. Debía de estar cansado y caminar despacio, pues no llegó a Gad's Hill hasta el mediodía. Hasta ese momento no hubo dificultad para justificar sus tiempos: había muchachos que habían visto a un hombre «actuando como un loco», y automovilistas a los que miraba extrañamente desde el lado de la carretera. Luego, durante tres horas, desapareció de la vista. La policía, basándose en lo que le dijo a Michaelis, que «tenía una forma de averiguarlo», supuso que pasó ese tiempo yendo de garaje en garaje por los alrededores, preguntando por un coche amarillo. Por otra parte, ningún taller que lo hubiera visto se presentó, y quizás tenía una forma más fácil y segura de averiguar lo que quería saber. A las dos y media estaba en West Egg, donde preguntó a alguien el camino a la casa de Gatsby. Para entonces ya sabía el nombre de Gatsby.

A las dos, Gatsby se puso el traje de baño y dejó dicho al mayordomo que si alguien llamaba por teléfono le avisara en la piscina. Se detuvo en el garaje a por un colchón inflable que había divertido a sus invitados durante el verano, y el chófer le ayudó a inflarlo. Luego dio instrucciones de que el coche descapotable no debía ser sacado bajo ninguna circunstancia... y eso era extraño, porque el guardabarros delantero derecho necesitaba ser reparado.

Gatsby se echó el colchón al hombro y se dirigió a la piscina. Se detuvo una vez y lo cogió mejor, y el chófer le preguntó si necesitaba ayuda, pero él negó con la cabeza y en seguida desapareció entre los árboles amarillentos.

No llegó ningún mensaje telefónico, pero el mayordomo se quedó sin dormir y lo esperó hasta las cuatro... hasta mucho después de que hubiera alguien a quien dárselo si llegaba. Tengo la idea de que el propio Gatsby no creía que fuera a llegar, y tal vez ya no le importaba. Si eso era cierto, debió de sentir que había perdido el viejo y cálido mundo, que había pagado un alto precio por vivir demasiado tiempo con un solo sueño. Debió de mirar a un cielo desconocido a través de unas hojas espantosas y se estremeció al comprobar lo grotesca que es una rosa y lo cruda que era la luz del sol sobre el césped apenas creado. Un mundo nuevo, material sin ser real, donde los pobres fantasmas, que respiran los sueños como si fuera aire, vagaban fortuitamente... como aquella figura cenicienta y fantástica que se deslizaba hacia él a través de los árboles amorfos.

El chófer —era uno de los protegidos de Wolfshiem— oyó los disparos y después sólo pudo decir que no había pensado mucho en ellos. Yo conduje desde la estación directamente a la casa de Gatsby, y mi prisa por subir ansiosamente los escalones de la entrada fue lo primero que alarmó a todos. Pero ellos ya lo sabían para entonces, creo firmemente. Sin decir apenas una palabra, cuatro de nosotros, el chófer, el mayordomo, el jardinero y yo nos apresuramos a bajar a la piscina.

El agua se movía débilmente, era apenas perceptible, el flujo de agua fresca de un extremo se abría paso hacia el desagüe en el otro. A causa de las pequeñas ondulaciones que apenas eran sombras de olas, el colchón cargado se movía irregularmente por el estanque. Una pequeña ráfaga de viento que apenas ondulaba la superficie fue suficiente para perturbar su curso accidental y su carga accidental. El roce de un racimo de hojas lo hacía girar lentamente, trazando, como un compás, un fino círculo rojo en el agua.

Fue después de que nos pusiéramos en marcha, llevando a Gatsby hacia la casa, que el jardinero vio el cuerpo de Wilson un poco más allá en el césped, y el holocausto estaba completo.

IX

Después de dos años, recuerdo el resto de aquel día, y de aquella noche y del día siguiente, como un ejercicio interminable de policías, fotógrafos y periodistas que entraban y salían por la puerta principal de Gatsby. Una cuerda extendida a través de la puerta principal y un policía junto a ella mantenían alejados a los curiosos, pero los chiquillos pronto descubrieron que podían entrar a través de mi jardín, y siempre había unos cuantos agrupados con la boca abierta alrededor de la piscina. Alguien con buenos modales, tal vez un detective, utilizó la expresión «loco» mientras se inclinaba sobre el cuerpo de Wilson aquella tarde, y la imprevista autoridad de su voz dio la clave para los informes periodísticos de la mañana siguiente.

La mayoría de esos informes eran una pesadilla: grotescos, circunstanciales, ansiosos y falsos. Cuando el testimonio de Michaelis en la investigación sacó a la luz las sospechas de Wilson sobre su esposa, pensé que toda la historia se serviría en breve en un trepidante pasquín, pero Catherine, que podría haber dicho algo, no dijo ni una palabra. Mostró un carácter sorprendente al respecto: miró al forense con ojos decididos bajo sus cejas corregidas y juró que su hermana nunca había visto a Gatsby, que su hermana era completamente feliz con su marido, que su hermana no había hecho ninguna travesura. Se convenció de ello y lloró en su pañuelo, como si la mera sugerencia fuera más de lo que podía soportar. Así que Wilson quedó reducido a un hombre «trastornado por la pena» para que el caso quedara en su forma más simple. Y así quedó.

Pero esa parte el asunto me pareció remoto y sin importancia. Me encontré del lado de Gatsby, y solo. Desde el momento en que telefoneé la noticia de la catástrofe al pueblo de West Egg, todas las conjeturas sobre él, y todas las preguntas prácticas, me fueron remitidas. Al principio me sorprendí y me sentí confuso; luego, mientras él yacía en su casa y no se movía, ni respiraba, ni hablaba, hora tras hora, creció en mí la idea de que yo era el responsable, porque nadie más se interesaba... interesaba, quiero decir, con ese intenso interés personal al que todo el mundo tiene algún vago derecho al final.

Llamé a Daisy media hora después de encontrarlo, la llamé instintivamente y sin dudarlo. Pero ella y Tom se habían marchado a primera hora de la tarde y se habían llevado el equipaje.

«¿No dejó ninguna dirección?».

«No».

«¿Dijo cuándo volverían?».

«No».

«¿Alguna idea de dónde están? ¿Cómo puedo llegar a ellos?».

«No lo sé. No puedo decirlo».

Quería buscar a alguien para él. Quería entrar en la habitación donde yacía y tranquilizarlo: «Conseguiré a alguien que te aompañe, Gatsby. No te preocupes. Confía en mí y te conseguiré a alguien...».

El nombre de Meyer Wolfshiem no estaba en la guía telefónica. El mayordomo me dio la dirección de su oficina en Broadway, y llamé a Información, pero para cuando obtuve el número ya eran mucho más de las cinco, y nadie respondió al teléfono.

«¿Puede llamar otra vez?».

«He llamado tres veces».

«Es muy importante».

«Lo siento. Me temo que no hay nadie allí».

Volví al salón y pensé por un instante que eran visitantes casuales, toda esa gente oficial que lo llenaba de repente. Pero, aunque retiraron la sábana y miraron a Gatsby con ojos sorprendidos, su protesta continuó en mi cerebro:

«Mira, viejo amigo, tienes que conseguir a alguien que me acompañe. Tienes que esforzarte. No puedo pasar por esto solo».

Alguien empezó a hacerme preguntas, pero me escabullí y subiendo las escaleras miré apresuradamente en los cajones sin llave de su escritorio; él nunca me había dicho definitivamente que sus padres habían muerto. Pero no había nada: sólo la foto de Dan Cody, una muestra de olvidada violencia, que miraba desde la pared.

A la mañana siguiente envié al mayordomo a New York con una carta para Wolfshiem, en la que le pedía información y le instaba a venir en el próximo tren. Esa petición me pareció superflua cuando la escribí. Estaba seguro de que se pondría en marcha cuando viera los periódicos, al igual que estaba seguro de que habría un telegrama de Daisy antes del mediodía; pero ni el telegrama ni el señor Wolfshiem llegaron; no llegó nadie, salvo más policías y fotógrafos y periodistas. Cuando el mayordomo trajo la respuesta de Wolfshiem, empecé a tener un sentimiento de desafío, de despreciable solidaridad entre Gatsby y yo contra todos ellos.

Estimado señor Carraway. Este ha sido uno de los choques más terribles de mi vida, apenas puedo creer que sea cierto. Un acto tan loco como el de ese hombre debería hacernos reflexionar a todos. No puedo ir ahora porque estoy ocupado en un asunto muy importante y no puedo involucrarme en esto. Si hay algo que pueda hacer un poco más tarde hágamelo saber con una carta de Edgar. Apenas sé dónde estoy al enterarme de semejante cosa y estoy completamente abatido y fuera de combate.
Atentamente,
Meyer Wolfshiem

y luego se apresuró a añadir debajo:

Hazme saber sobre el funeral, etc. No conozco a su familia.

Cuando esa tarde sonó el teléfono y la operadora de larga distancia dijo que llamaban desde Chicago, pensé que por fin sería Daisy. Pero la conexión consistía en una voz de hombre, muy fina y lejana.

«Habla Slagle...».

«¿Sí?». El nombre no era familiar.

«Vaya nota, ¿verdad? ¿Recibiste mi telegrama?».

«No ha habido ningún telegrama».

«El joven Parke está en problemas», dijo rápidamente. «Lo detuvieron cuando entregó los bonos en el mostrador. Recibieron una circular de New York dándoles los números sólo cinco minutos antes. ¿Qué sabes tú de eso, eh? Nunca se sabe en estos pueblitos del campo...».

«¡Oiga!», interrumpí falto de aliento. «Mira, yo no soy el señor Gatsby. El señor Gatsby está muerto».

Hubo un largo silencio en el otro extremo del cable, seguido de una exclamación... y luego un rápido graznido cuando se cortó la conexión.

Creo que fue al tercer día cuando llegó un telegrama firmado por Henry C. Gatz desde un pueblo de Minnesota. Sólo decía que el remitente viajaba inmediatamente y que pospusiera el funeral hasta que llegara.

Era el padre de Gatsby, un anciano solemne, desolado y consternado, envuelto en un largo abrigo barato contra el cálido día de septiembre. Sus ojos goteaban continuamente por la excitación, y cuando le ayudé con el bolso y el paraguas empezó a tirar tan incesantemente de su escasa barba gris que me costó quitarle el abrigo. Estaba a punto de derrumbarse, así que le llevé a la sala de música y le hice sentarse mientras mandaba a buscar algo de comer. Pero no quiso comer, y el vaso de leche se derramaba de su mano temblorosa.

«Lo vi en el periódico de Chicago», dijo. «Todo salió en el periódico de Chicago. Me puse en marcha de inmediato».

«No sabía cómo encontrarlo».

Sus ojos, sin ver nada, se movían incesantemente por la habitación.

«Era un loco», dijo. «Debía de estar loco».

«¿No quiere un poco de café?». Le insistí.

«No quiero nada. Ya estoy bien, señor...».

«Carraway».

«Bueno, ya estoy bien. ¿Dónde tienen a Jimmy?».

Lo llevé al salón, donde estaba su hijo, y lo dejé allí. Unos chiquillos habían subido a la escalera y miraban hacia el salón; cuando les dije quién había llegado, se fueron de mala gana.

Al cabo de un rato, el señor Gatz abrió la puerta y salió, con la boca entreabierta, el rostro ligeramente enrojecido y los ojos goteando lágrimas aisladas e imprecisas. Había llegado a una edad en la que la muerte ya no tiene la cualidad de una sorpresa espantosa, y cuando miró a su alrededor por primera vez y vio la altura y el esplendor del vestíbulo y las grandes habitaciones que se abrían desde allí a otras estancias, su pena empezó a mezclarse con un orgullo sobrecogedor. Le ayudé a subir a un dormitorio; mientras se quitaba el abrigo y el chaleco le dije que todos los preparativos se habían aplazado hasta su llegada.

«No sabía lo que quería hacer, señor Gatsby...».

«Mi nombre es Gatz».

«...señor Gatz. Pensé que querría llevarse el cuerpo al Oeste».

Sacudió la cabeza.

«A Jimmy siempre le gustó más el Este. Llegó a esta posición en el Este. ¿Era usted amigo de mi hijo, señor...?».

«Éramos amigos íntimos».

«Tenía un gran futuro por delante. Era sólo un hombre joven, pero tenía mucho cerebro aquí».

Se tocó la cabeza de forma contundente, y yo asentí.

«Si hubiera vivido, habría sido un gran hombre. Un hombre como James J. Hill. Habría ayudado a levantar el país».

«Es cierto», dije, incómodo.

Tanteó la colcha bordada, tratando de sacarla de la cama, y se acostó con rigidez; se quedó dormido al instante.

Esa noche llamó una persona evidentemente asustada, y exigió saber quién era yo antes de dar su nombre.

«Soy el señor Carraway», dije.

«¡Oh!», sonó aliviado. «Soy Klipspringer».

Yo también me sentí aliviado, pues eso parecía prometer otro amigo en la tumba de Gatsby. No quería que saliera en los periódicos y atrajera a una multitud de turistas, así que yo mismo había llamado a algunas personas. Eran difícil de encontrar.

«El funeral es mañana», dije. «A las tres, aquí en la casa. Me gustaría que se lo dijeras a quien le interese».

«Oh, lo haré», se apresuró a decir. «Por supuesto que no es probable que vea a nadie, pero si lo hago».

Su tono me hizo sospechar.

«Por supuesto que tú mismo estarás allí».

«Bueno, ciertamente lo intentaré. Por lo que llamé es...».

«Espera un momento», interrumpí. «¿Qué tal si dices que vendrás?».

«Bueno, el hecho es que la verdad es que me estoy quedando con algunas personas aquí en Greenwich, y más bien esperan que esté con ellos mañana. De hecho, hay una especie de picnic o algo así. Por supuesto, haré todo lo posible por escaparme».

Yo exclamé un irrefrenable «¡Eh!» y él debió de oírme, porque continuó nervioso:

«Por lo que llamé fue por un par de zapatos que dejé allí. Me pregunto si sería demasiado problema que el mayordomo me los enviara. Verá, son zapatillas de tenis, y estoy un poco perdido sin ellas. Mi dirección es la casa de B. F. ...».

No escuché el resto del nombre, porque colgué el auricular.

Después sentí cierta vergüenza por Gatsby; un caballero al que llamé por teléfono me dio a entender que había recibido su merecido. Sin embargo, eso fue culpa mía, pues era uno de los que solían mofarse más amargamente de Gatsby al emborracharse en las fiestas, y yo debería haber sabido que no debía llamar.

La mañana del funeral fui a New York para ver a Meyer Wolfshiem; parecía que no podía contactarlo de otra manera. La puerta que empujé, siguiendo el consejo de un ascensorista, decía «The Swastika Holding Company», y al principio no parecía haber nadie dentro. Pero después de haber gritado «hola» varias veces en vano, estalló una discusión detrás de un tabique, y en ese momento una encantadora mujer judía apareció desde una puerta interior y me escudriñó con ojos negros y hostiles.

«No hay nadie», dijo. «El señor Wolfshiem se ha ido a Chicago».

La primera parte de esto era obviamente falsa, pues alguien había empezado a silbar «El Rosario», no muy entonado, en el interior.

«Por favor, diga que el señor Carraway quiere verlo».

«No puedo hacer que vuelva de Chicago, ¿verdad?».

En ese momento una voz, inconfundiblemente de Wolfshiem, llamó «¡Stella!» desde el otro lado de la puerta.

«Deje su nombre en el escritorio», dijo rápidamente. «Se lo daré cuando vuelva».

«Pero sé que está ahí».

Dio un paso hacia mí y comenzó a deslizar sus manos indignadas hacia arriba y hacia abajo de sus caderas.

«Ustedes, jóvenes, creen que pueden entrar aquí a la fuerza en cualquier momento», me reprendió. «Nos estamos hartando de esto. Cuando digo que está en Chicago, está en Chicago».

Mencioné a Gatsby.

«¡Oh-h!». Ella me miró por encima de nuevo. «¿Podría...? ¿Cuál era su nombre?».

Desapareció. En un momento, Meyer Wolfshiem se plantó solemnemente en la puerta, extendiendo ambas manos. Me hizo pasar a su despacho, comentando con voz reverente que era un momento triste para todos nosotros, y me ofreció un cigarro.

«Mi memoria me remonta a la primera vez que lo conocí», dijo. «Un joven mayor recién salido del ejército y cubierto de medallas que obtuvo en la guerra. Estaba tan mal que tenía que seguir portando el uniforme porque no tenía con qué comprar. La primera vez que lo vi fue cuando entró en la sala de billar de Winebrenner en la calle Cuarenta y Tres y pidió trabajo. Llevaba un par de días sin comer nada. "Ven a almorzar conmigo", le dije. Se comió más de cuatro dólares de comida en media hora».

«¿Lo iniciaste en el negocio?», pregunté.

«¡Iniciarlo! Yo lo hice».

«Oh».

«Lo saqué de la nada, directamente de la alcantarilla. Enseguida vi que era un joven de aspecto fino y un caballero, y cuando me dijo que había ido a Oggsford supe que podía ser útil. Conseguí que se uniera a la Legión Americana y llegó bien lejos allí. Enseguida hizo algunos trabajos para un cliente mío en Albany. Éramos muy unidos en todo...» —levantó dos dedos bulbosos— «siempre juntos».

Me pregunté si esta asociación había incluido la transacción de las Grandes Ligas de 1919.

«Ahora está muerto», dije después de un momento. «Eras su mejor amigo, así que sé que querrás venir a su funeral esta tarde».

«Me gustaría ir».

«Pues entonces ven».

El pelo de sus fosas nasales tembló ligeramente, y al sacudir la cabeza sus ojos se llenaron de lágrimas.

«No puedo hacerlo, no puedo mezclarme en esto», dijo.

«No hay nada en lo que mezclarse. Ya está todo hecho».

«Cuando matan a un hombre nunca me gusta mezclarme en ello de ninguna manera. Me mantengo al margen. Cuando era joven era diferente: si un amigo mío moría, no importa cómo, me quedaba con él hasta el final. Puede que pienses que eso es muy sentimental, pero lo digo en serio... hasta el final».

Vi que por alguna razón privada había decidido que no iba a venir, así que me levanté.

«¿Es usted universitario?», preguntó de repente.

Por un momento pensé que iba a sugerir una «connegción», pero se limitó a asentir y a estrechar mi mano.

«Aprendamos a mostrar nuestra amistad por alguien cuando está vivo y no después de muerto», sugirió. «Después de eso, mi regla es dejar que cada cosa siga su curso».

Cuando salí de su despacho el cielo se había oscurecido y regresé a West Egg bajo una llovizna. Después de cambiarme de ropa, fui a la puerta de al lado y encontré al señor Gatz caminando de arriba a abajo con entusiasmo por el pasillo. Su orgullo por su hijo y por las posesiones de su hijo aumentaba continuamente y ahora tenía algo que mostrarme.

«Jimmy me envió esta foto». Sacó su cartera con dedos temblorosos. «Mira ahí».

Era una fotografía de la casa, agrietada en las esquinas y sucia con muchas huellas. Me señaló cada detalle con entusiasmo. «¡Mira ahí!» y luego buscó la admiración de mis ojos. La había enseñado tantas veces que creo que ahora era más real para él que la propia casa.

«Me lo envió Jimmy. Creo que es una fotografía muy bonita. Se ve muy bien».

«Muy bien. ¿Lo había visto últimamente?».

«Vino a verme hace dos años y me compró la casa en la que vivo ahora. Por supuesto, nos destrozó cuando se escapó de casa, pero ahora veo que había una razón para ello. Él sabía que tenía un gran futuro por delante. Y desde el momento en que tuvo éxito fue muy generoso conmigo».

Parecía reacio a guardar la foto, la sostuvo durante un minuto más, de forma persistente, ante mis ojos. Luego me devolvió la cartera y sacó del bolsillo un viejo y raído ejemplar de un libro titulado «Hopalong Cassidy».

«Mira, este es un libro que él tenía cuando era un niño. Esto solo basta de muestra».

Lo abrió por la contraportada y le dio la vuelta para que lo viera. En la última hoja estaba escrito con letra de imprenta la palabra «horario», y la fecha del 12 de septiembre de 1906. Y debajo:

Levantarse de la cama: 6:00 a.m.
Ejercicios con mancuernas y escalar la pared: 6:15 - 6:30.
Estudiar electricidad, etc.: 7:15 - 8:15.
Trabajar: 8:30 - 4:30 p.m.
Béisbol y deportes: 4:30 - 5:00.
Practicar elocución, aplomo y cómo conseguirlo: 5:00 - 6:00.
Estudiar los inventos necesarios: 7:00 - 9:00.

RESOLUCIONES GENERALES
No perder el tiempo en Shafters o en [un nombre, ilegible].
No fumar ni mascar.
Bañarse cada dos días.
Leer un libro o revista que ayude a mejorar a la semana.
Ahorrar $5.00 [tachado] $3.00 por semana.
Ser mejor con mis padres.

«Encontré este libro al azar», dijo el anciano. "Esto solo basta de muestra, ¿no?».

"Esto solo basta de muestra».

«Jimmy estaba destinado a salir adelante. Siempre tenía algunas resoluciones como estas o similares. ¿Te das cuenta de como se preocupaba por mejorar su mente? Siempre fue muy bueno para eso. Una vez me dijo que yo comía como un cerdo, y le pegué».

Se resistía a cerrar el libro, leía cada elemento en voz alta y luego me miraba con entusiasmo. Creo que más bien esperaba que copiara la lista para mi propio uso.

Un poco antes de las tres llegó el ministro luterano de Flushing, y yo empecé a mirar involuntariamente por las ventanas en busca de otros coches. Lo mismo hizo el padre de Gatsby. Y a medida que pasaba el tiempo y los sirvientes entraban y esperaban en el vestíbulo, sus ojos empezaron a parpadear ansiosamente, y habló de la lluvia de forma preocupada e incierta. El ministro miró varias veces su reloj, así que lo llevé aparte y le pedí que esperara media hora. Pero fue inútil. No vino nadie.

Hacia las cinco, nuestra procesión de tres coches llegó al cementerio y se detuvo bajo una espesa llovizna junto a la entrada: primero un coche fúnebre, horriblemente negro y mojado, luego el señor Gatz y el ministro y yo en la limusina, y un poco más allá cuatro o cinco sirvientes y el cartero de West Egg, en la camioneta de Gatsby, todos mojados hasta los huesos. Cuando empezamos a cruzar la entrada del cementerio, oí que un coche se detenía y luego el sonido de alguien chapoteando tras nosotros sobre el suelo empapado. Miré a mi alrededor. Era el hombre con gafas de ojo de búho al que había encontrado maravillado ante los libros de Gatsby en la biblioteca, una noche, tres meses atrás.

No lo había visto desde entonces. No sé cómo sabía lo del funeral, ni siquiera su nombre. La lluvia caía sobre sus gruesas gafas, y se las quitó y las limpió para ver cómo levantaban la lona protectora de la tumba de Gatsby.

Intenté entonces pensar en Gatsby por un momento, pero ya estaba demasiado lejos, y sólo pude recordar, sin resentimiento, que Daisy no había enviado un mensaje ni una flor. Oí débilmente que alguien murmuraba «Benditos sean los muertos sobre los que cae la lluvia», y entonces el hombre de ojos de búho dijo «Amén», con voz potente.

Caminamos rápidamente bajo la lluvia hasta los coches. Ojos de Búho me habló junto a la entrada.

«No pude llegar a la casa», comentó.

«Tampoco pudo nadie más».

«¡No me diga!», estalló. «¡Por Dios! Solían ir allí a cientos».

Se quitó las gafas y las volvió a limpiar, por fuera y por dentro.

«El pobre hijo de puta», dijo.

Uno de mis recuerdos más vívidos es la vuelta al Oeste desde la escuela preparatoria y más tarde desde la universidad para Navidad. Los que iban más allá de Chicago se reunían en la vieja y poco iluminada Union Station a las seis de la tarde en una tarde de diciembre, con unos pocos amigos de Chicago, ya sumergidos en sus propias juergas navideñas, para despedirse apresuradamente. Recuerdo los abrigos de pieles de las chicas que volvían de la señorita Tal o Cual y el parloteo con el vaho helado y las manos que se agitaban en lo alto al ver a viejos conocidos, y las coincidencias de las invitaciones: «¿Vas a ir a casa de los Ordway? ¿A casa de los Hersey? ¿A casa de los Schultz?» y los largos billetes de tren verdes apretados en nuestras manos enguantadas. Y, por último, los sucios vagones amarillos del ferrocarril de Chicago, Milwaukee y St. Paul, que parecían tan alegres como la propia Navidad en las vías junto a la entrada.

Cuando nos adentramos en la noche invernal y la verdadera nieve, nuestra nieve, empezaba a extenderse por todos lados y a centellear contra las ventanas, y las tenues luces de las pequeñas estaciones de Wisconsin se movían, el aire se congelaba de pronto, cortante y afilado. Lo aspirábamos profundamente mientras regresábamos de la cena a través de los fríos vestíbulos, indeciblemente conscientes de nuestra identidad con este país durante una extraña hora, antes de volver a fundirnos indistintamente en él.

Ese es mi Medio Oeste... no el trigo ni las praderas ni los perdidos pueblos de los suecos, sino los emocionantes trenes de regreso de mi juventud, y las lámparas de las calles y las campanas de los trineos en la oscuridad helada y las sombras de las coronas de acebo a través de las ventanas iluminadas sobre la nieve. Soy parte de eso, un poco solemne con la sensación de esos largos inviernos, un poco complaciente por haber crecido en la casa de los Carraway en una ciudad donde las viviendas siguen llamándose durante décadas por el nombre de una familia. Ahora veo que ésta ha sido una historia del Oeste, después de todo: Tom y Gatsby, Daisy y Jordan y yo, éramos todos occidentales, y quizás poseíamos alguna deficiencia en común que nos hacía sutilmente inadaptables a la vida en el Este.

Incluso cuando el Este me entusiasmaba más, incluso cuando era bien consciente de su superioridad en comparación con las aburridas, extensas e inflamadas ciudades más allá del Ohio, con sus interminables inquisiciones que sólo perdonaban a los niños y a los ancianos, incluso así estaba siempre teñido por la distorsión. West Egg, especialmente, sigue figurando en mis sueños más fantásticos. Lo veo como una escena nocturna de El Greco: un centenar de casas, a la vez convencionales y grotescas, agazapadas bajo un cielo sombrío y sobresaliente y una luna sin brillo. En el primer plano, cuatro hombres solemnes, vestidos con trajes de gala, caminan por la acera con una camilla en la que yace una mujer ebria con un vestido de noche blanco. Su mano, que cuelga sobre el costado, brilla fría con sus joyas. Gravemente, los hombres se detienen en una casa, la casa equivocada. Pero nadie sabe el nombre de la mujer y a nadie le importa.

Después de la muerte de Gatsby, el Este se me antojó así, distorsionado más allá del poder de corrección propio a mis ojos. Así que cuando el humo azul de las hojas quebradizas estaba en el aire y el viento congelaba la ropa mojada en el tendedero, decidí volver a casa.

Había algo por hacer antes de irme, algo incómodo y desagradable que tal vez hubiera sido mejor no hacer. Pero quería dejar las cosas en orden y no sólo confiar en que aquel mar servicial e indiferente arrastrara mis desechos. Vi a Jordan Baker y le hablé de lo que nos había pasado a nosotros, y de lo que me había pasado después, y ella se quedó perfectamente quieta, escuchando, en un gran sillón.

Iba vestida para jugar al golf, y recuerdo que pensé que tenía el aspecto de una buena ilustración, con la barbilla levantada con gracia, el pelo del color de una hoja de otoño y la cara del mismo tono crema que el mitón descansando en su rodilla. Cuando terminé, me dijo, sin hacer ningún comentario, que estaba comprometida con otro hombre. Lo dudé, aunque había varios con los que podría haberse casado con un movimiento de cabeza, pero fingí estar sorprendido. Durante un minuto me pregunté si no estaría cometiendo un error, luego lo pensé de nuevo, rápidamente, y me levanté para despedirme.

«Sin embargo, tú me dejaste», dijo Jordan de repente. «Me

dejaste por teléfono. Ahora me importas un bledo, pero fue una experiencia nueva para mí, y me sentí un poco mareada por un rato».

Nos dimos la mano.

«Oh, ¿y recuerdas», añadió, «una conversación que tuvimos una vez sobre cómo conducir un coche?».

«Bueno... no exactamente».

«¿Dijiste que un mal conductor sólo estaba seguro hasta que conociera a otro mal conductor? Bueno, yo conocí a otro mal conductor, ¿no es así? Quiero decir, que fue un descuido por mi parte hacer una suposición tan equivocada. Pensé que eras una persona más bien honesta y directa. Pensé que era tu orgullo secreto».

«Tengo treinta años», dije. «Tengo cinco años más para mentirme a mí mismo y llamarlo honor».

Ella no contestó. Enfadado, y medio enamorado de ella, y tremendamente arrepentido, me di la vuelta.

Una tarde de finales de octubre vi a Tom Buchanan. Caminaba delante de mí por la Quinta Avenida a su manera, alerta y agresiva, con las manos un poco separadas del cuerpo, como si quisiera combatir las interferencias, con la cabeza moviéndose bruscamente aquí y allá, adaptándose a sus ojos inquietos. Justo cuando reduje la velocidad para no adelantarle, se detuvo y empezó a fruncir el ceño en los escaparates de una joyería. De repente, me vio y retrocedió, tendiéndome la mano.

«¿Qué pasa, Nick? ¿Te opones a darme la mano?».

«Sí. Ya sabes lo que pienso de ti».

«Estás loco, Nick», dijo rápidamente. «Loco de remate. No sé qué te pasa».

«Tom», pregunté, «¿qué le dijiste a Wilson esa tarde?».

Me miró fijamente sin decir nada, y supe que había adivinado correctamente lo sucedido en esas horas perdidas. Empecé a darme la vuelta, pero él dio un paso tras de mí y me tomó del brazo.

«Le dije la verdad», dijo. «Se acercó a la puerta mientras nos preparábamos para salir, y cuando le dijeron que no estábamos, intentó subir a la fuerza. Estaba lo suficientemente loco como para matarme si no le hubiera dicho quién era el dueño del coche. Tenía su mano sobre un revólver en el bolsillo cada minuto que pasó en la casa...». Se interrumpió desafiante. «¿Y si se lo dije? Ese tipo se lo buscó. Te echó polvo en los ojos igual que a Daisy, pero era un tipo peligroso. Atropelló a Myrtle como se atropella a un perro y ni siquiera paró el coche».

No había nada que pudiera decir, excepto el hecho inconfesable de que no era cierto.

«Y si crees que yo no tuve mi cuota de sufrimiento... mira, cuando fui a dejar el departamento y vi esa maldita caja de galletas para perros en el aparador, me senté y lloré como un bebé. Por Dios, fue horrible...».

No podía perdonarle ni mostrarle simpatía, pero veía que lo que había hecho estaba, para él, totalmente justificado. Todo era muy descuidado y confuso. Ellos, Tom y Daisy, eran personas descuidadas: destrozaban cosas y criaturas y luego se refugiaban en su dinero o en su enorme despreocupación, o en lo que fuera que los mantenía unidos, y dejaban que otras personas limpiaran el desastre que habían hecho...

Le estreché la mano; me pareció una tontería no hacerlo, porque de repente me sentí como si estuviera hablando con un niño. Luego él entró en la joyería para comprar un collar de perlas —o tal vez sólo un par de gemelos—, lo que lo libró para siempre de mi aprehensión provinciana.

La casa de Gatsby seguía vacía cuando me fui; el césped de su casa había crecido tanto como el mío. Uno de los taxistas del pueblo nunca pasaba por la puerta de entrada sin detenerse un minuto y señalar el interior; tal vez fue él quien llevó a Daisy y a Gatsby a East Egg la noche del accidente, y tal vez se había inventado una historia al respecto. No quería oírla y le evitaba al bajar del tren.

Pasaba las noches de los sábados en New York porque aquellas fiestas suyas, brillantes y deslumbrantes, me acompañaban tan vivamente que aún podía oír la música y las risas, débiles e incesantes, de su jardín, y los coches subiendo y bajando por su entrada. Una noche oí un coche allí, y vi sus luces detenerse en sus escalones delanteros. Pero no investigué. Probablemente se trataba de algún último invitado que se había ido al fin del mundo y no sabía que la fiesta había terminado.

La última noche, con el equipaje hecho y el coche vendido al dueño de la despensa, me acerqué y miré una vez más aquel enorme e incoherente fracaso de casa. En los blancos escalones, una palabra obscena, garabateada por algún niño con un trozo de ladrillo, se destacaba claramente a la luz de la luna, y la borré, arrastrando mi zapato por la piedra. Luego bajé a la playa y me tumbé en la arena.

La mayoría de las grandes casas de la costa ya estaban cerradas y apenas había luces, salvo el resplandor sombrío y móvil de un transbordador al otro lado del Sound. Y a medida que la luna se elevaba, las casas innecesarias empezaron a desvanecerse hasta que poco a poco fui consciente de la vieja isla que floreció una vez ante los ojos de los marineros holandeses: un pecho fresco y verde del nuevo mundo. Sus árboles desaparecidos, los árboles que habían dado paso a la casa de Gatsby, habían susurrado una vez el último y más grande de todos los sueños humanos; durante un momento encantado y transitorio el ser humano debió contener la respiración en presencia de este continente, obligado a una contemplación estética que no comprendía ni deseaba, enfrentándose por última vez en la historia a algo acorde con su capacidad de asombro.

Y mientras me sentaba a meditar sobre el viejo y desconocido mundo, pensé en el asombro de Gatsby cuando divisó por primera vez la luz verde al final del muelle de Daisy. Había recorrido un largo camino hasta llegar a este césped azul, y su sueño debía de parecerle tan cercano que difícilmente podía dejar de alcanzarlo. No sabía que ya lo había dejado atrás, en algún lugar de esa vasta oscuridad más allá de la ciudad, donde los oscuros campos de la república se extienden bajo la noche.

Gatsby creía en la luz verde, en el futuro orgásmico que año tras año retrocede ante nosotros. Ahora se nos escapa, pero no importa: mañana correremos más rápido, extenderemos más los brazos... Y una buena mañana...

Así es que seguimos avanzando, barcos contra la corriente, arrastrados sin cesar hacia el pasado.

Rosetta Edu

CLÁSICOS EN ESPAÑOL

Esperamos que haya disfrutado esta lectura. ¿Quiere leer otra obra de nuestra colección de *Clásicos en español*?

El Príncipe Feliz y otros cuentos está ofrecido gratuitamente en formato electrónico en nuestro *Club del libro*. Es un libro publicado por Oscar Wilde en Mayo de 1888 y no ha perdido su atracción hasta nuestros días, combinando a la perfección el estilo de los cuentos de hadas con un trasfondo gótico y trágico. Temas recurrentes de la ficción tales como la entrega de uno mismo por el amado o la imposibilidad del amor si no hay eternidad se ofrecen aquí a los lectores de las nuevas generaciones como una perspectiva nueva e iluminadora.

Recibe tu copia totalmente gratuita de nuestro *Club del libro* en rosettaedu.com/pages/club-del-libro

Rosetta Edu

CLÁSICOS EN ESPAÑOL

Una habitación propia se estableció desde su publicación como uno de los libros fundamentales del feminismo. Basado en dos conferencias pronunciadas por Virginia Woolf en colleges para mujeres y ampliado luego por la autora, el texto es un testamento visionario, donde tópicos característicos del feminismo por casi un siglo son expuestos con claridad tal vez por primera vez.

Basta pensar que *La guerra de los mundos* fue escrito entre 1895 y 1897 para darse cuenta del poder visionario del texto. Desde el momento de su publicación la novela se convirtió en una de las piezas fundamentales del canon de las obras de ciencia ficción y el referente obligado de guerra extraterrestre.

Otra vuelta de tuerca es una de las novelas de terror más difundidas en la literatura universal y cuenta una historia absorbente, siguiendo a una institutriz a cargo de dos niños en una gran mansión en la campiña inglesa que parece estar embrujada. Los detalles de la descripción y la narración en primera persona van conformando un mundo que puede inspirar genuino terror.

rosettaedu.com

Rosetta Edu

EDICIONES BILINGÜES

De Jacob Flanders no se sabe sino lo que se deja entrever en las impresiones que los otros personajes tienen de él y sin embargo él es el centro constante de la narración. La primera novela experimental de Virginia Woolf trabaja entonces sobre ese vacío del personaje central. Ahora presentado en una edición bilingüe facilitando la comprensión del original.

Durante décadas, y acercándose a su centenario, *El gran Gatsby* ha sido considerada una obra maestra de la literatura y candidata al título de «Gran novela americana» por su dominio al mostrar la pura identidad americana junto a un estilo distinto y maduro. La edición bilingüe permite apreciar los detalles del texto original y constituye un paso obligado para aprender el inglés en profundidad.

El Principito es uno de los libros infantiles más leídos de todos los tiempos. Es un verdadero monumento literario que con justicia se ha convertido en el libro escrito en francés más impreso y traducido de toda la historia. La edición bilingüe francés / español permite apreciar el original en todo su esplendor a la vez que abordar un texto fundamental de la lengua gala.

Made in the USA
Middletown, DE
21 December 2022

19712913R10087